イノシシ　シカ　タヌキ

里山异兽谭

[日]早川孝太郎 著
熊韵 译

上海译文出版社

目 录

狸

《猪鹿狸》[①]

周作人

《猪鹿狸》，这是很奇妙的一部书名。这在一九二六年出版，是日本的乡土研究社丛书之一，著者早川孝太郎，学人而兼画家，故其文笔甚精妙。所著书现有《三州横山话》《能美郡民谣集》《羽后飞岛图志》《猪鹿狸》《花祭》二卷，有千六百页，为研究地方宗教仪式之巨著。其中我顶喜欢的还是这《猪鹿狸》，初出时买了一本，后来在北平店头看见还有一本又把他买了来，原想送给友人，可是至今没有送，这也不是为的吝啬，只是因为怕人家没有这种嗜好，正如吃鸦片烟的人有了好大土却不便送与没有瘾的朋友——我以鸦片作比，觉得实在这是一种嗜好，自己戒除不掉也就罢了，再去劝人似乎也可以不必。

这是讲动物生活的一册小书，但是属于民俗学方面而不是属于动物学的，他所记的并非动物生态的客观纪录，乃是人与兽、乡村及猎人与兽的关系的故事。我从小时候和草木虫鱼仿佛有点情分，《毛诗草木鸟兽虫鱼疏》《南方草木状》以至《本草》《花镜》都是我的爱读书，有一个时候还曾寝馈于《格致镜原》，不过书本子上的知识总是零碎没有生气，比起从老百姓的口里听来的要差得很远了。在三十多年前家里有一个长工，是海边的农夫而兼做竹工，那时他给我们讲的野兽故事是多么有意思，现在虽然大半不记得了，但是那留下的一点儿却是怎么地生动地存在着，头上有角的角鸡，夜里出来偷咬西瓜的獾猪，想起时便仿佛如见沙地一带的情景，正如山乡的角麂和马熊的故事一样，令我时时怀念这些故乡的地方。早川的这册书差不多就是这种故事的集录，即使没有著者所画的那十几张小图也尽足使我喜欢了。

正如书名所示，这书里所收的是关于猪、鹿、狸三种兽的故事，是一个七十七岁的老猎人所讲的，不是童话似的动物谈，乃是人与兽接触的经验以及感想，共有五十九篇，其中以关于猪和狸的为最有趣味，鹿这一部分比较稍差。这里所谓猪实在是中国的野猪，普通畜养的猪日本称之曰豚。平常如呼人为豚，人家必要大生其气，但猪却是美名，有人姓猪股，德富苏峰的名字叫作

① 《猪鹿狸》为本书日文原名。本篇部分文字、标点与现通行用法不同，均保留原貌。——编者

猪一郎，都是现在的实例。寺岛安良编《和汉三才图会》卷三十八猪条下云，如为猎人被伤去时人詈谓汝卑怯者盍还乎，则大忿怒，直还进对合，与人决胜负，故譬之强勇士。（原本汉文。）今日本俗语有猪武者一语，以喻知进而不知退者，中国民间称野猪奔铳，亦即指此种性质也。书中说有一猎人打野猪伤而不死，他赶紧逃走，猪却追赶不放，到了一棵大树下像陀螺似的人和猪团团的转了七个圈，后来不知怎地装好了枪，从后面一枪才结果了猪的性命。自己逃着，说是从后面未免有点可笑，其实是绕着树走得快的时候差不多是人在猪屁股后头追着的样子了。书中又说及猪与鹿的比较。也很有意思。鹿在山上逃走的时候，如一枪打中要害，他就如推倒屏风似的直倒下来，很觉得痛快。可是到了野猪就不能如此，无论打中了什么要害，他决不像鹿那样的跌倒，中弹之后总还要走上两三步，然后徐徐的向前蹲伏下去。听着这话好像是眼见刚勇之士的死似的，觉得这真是名实相符的野猪的态度。我对于著者的话也很表同意，与法国诗人诗里的狼一样，这猪实在堪为我们的帅范。但是很希奇的是，这位刚勇之士的仪表却并不漂亮。据说曾有一个年青妇人在微暗的清早到山里去收干草，看见前面路上有一只小猪模样的灰色的兽，滴沰滴沰地走着。这时候兽似乎未曾觉得后边有人走来，女人也颇胆大，便跟在后面走，刚走了半里多路，兽就岔路走进草丛里去了。回家后讲起这事，老人们告诉她说那就是野猪哩，她不但不出惊，反出于意外似的道，那样的东西是野猪么？据著者的经验说，从幼小时候就听说猪是可怕的东西，强悍的兽，后来有一回看见被猎人们抬了去的死猪的模样，也感到同样的幻灭云。不过我想这或者并不由于野猪的真是长得不漂亮，实在大半还是因为家猪平常太不争气的缘故罢。

狸的故事差不多是十之八九属于怪异的。中国近世不听见说有什么狸子作怪，但在古时似乎很是普通，而且还曾出过几个了不得的大胆的，敢于同名人去开玩笑的狸妖，他们的故事流传直到今日。《太平广记》四四二所录狸的怪谈有十一篇，《幽明录》里与董仲舒论五经究其微奥的老狸，《集异记》里与张茂先商略三史，探赜百家，谈老庄之奥区，披风雅之绝旨的千年斑狸，可谓俊杰，此外幻化男妇也很有工夫。日本现今狐狸猫貉四者还都能作怪，民间传说里有《滴沥山》与《文福茶釜》两篇最是有名。狸的恶戏在平时却多是琐屑的，不大有干系人命的大事。《三才图会》里说老狸能变化妖怪与狐同，至其游戏则“或鼓腹自乐，谓之狸腹鼓，或入山家，坐炉边向火乘暖，则阴囊垂延，广大于身也”。《三州横山话》中有一节曰“狸的腹鼓”，其文曰：

"据说到山里去作工，狸会来招呼。对面的山上丁丁的砍着树似，又叫道喊！不注意时答应一声，原来却是狸叫，便只好停了工作回来。（案狸与人呼应不已，如人困惫至不复能应则为狸所食，否则狸自毙云。）

"与人声相比那似乎是苦闷的声音，低低的叫道喊！夜间独居的时候，听见狸叫，决不可轻易答应。听过许多故事，说夜里与狸对呼，把挂钩上的开水壶都喝干了，又说用木鱼替代答应，一直敲到天亮。

"狸腹鼓原说是月夜为多，但据八名郡七乡村人生田省三的实验谈，则在将要下雨的漆黑的夜里时时听见敲着破鼓似的声音。这本来是在笼里养着的狸，但是这人说一天雨夜在风来寺山中所听到的腹鼓和这声音也正相同。

"狸与貉一看似乎难以分别，在冬天看他的脚就可知道，据说狸的脚底上满是皲裂。"

狸的肾囊可以化作八张席子的房间，在《猪鹿狸》中也有些故事，现在不及多抄了。乡土研究社丛书中还有一册笠井新也的《阿波的狸之话》，是专讲一地方的狸的故事的。

1933 年 9 月 23 日刊《大公报》（署名岂明）

体例及其他

一、本书提及的所有内容皆取材于自北向南流经三河[①]东部的丰川上游地区。其中大部分发生在南设乐郡[②]的横山（长篠村），若文中只出现了地名，则指同一郡内。

二、提及地名时，有遵从现代行政区划的情况，也有保留传统部落名、将之视为村落的情况，二者并不相同。此举是为了尊重与贴合内容的语感及性质，并无他意。

三、文中出现的年代，例如“距今数年前”等描述，皆是以本书首次出版时间，即大正十五年（1926）为基准。此外，诸如“明治某年前后”等描述，乃根据前后事件推定所得。此举意在尽可能保证故事确切性，但如后记所言，推测有误的情况想必也不少。

四、本书中除了与动物有关的传闻故事，还涉及家族历史与个人事迹，这是因为本书的重点与其说是动物，不如说是人类生活与动物间的关系。因此虽然存在动物学上需要警惕的部分，但在书中并未特意提及。

五、配插图是为了方便读者理解。其中包括笔者写生所得之物和根据记忆描绘之物，原本是越多越好，但出于各种原因，本书大都予以省略。此外，借重版之机，插图也都替换为了新版。

六、如开篇所述，本书最早出版于大正十五年，是冈村千秋[3]先生所创乡土研究社的系列丛书之一，出版当时，承蒙冈村先生的大力支持与照拂，谨在此再次致以感谢。

七、相比旧版本，新版不仅增加了序言、替换了插图，还修改了文章中的一些字句，但故事内容仍保持原样。

八、旧版本出版之后，笔者又搜集了一些新的内容，本想增补在此次新版之中，但由于时间相隔太久和一些别的原因，心境已大不相同，遂放弃。另，新版后记为旧版本的跋文。

九、最后是关于本书的标题[4]，刊行之初，尚怀有继续撰写《鹰猿狼[5]》及《鸟的故事》，做成两部或三

---

① 三河：指三河国。古代日本的律令国之一，属东海道。现指爱知县东半部。——译者（本书脚注如无特别说明，皆为译注。）

② 郡：在现代日本行政区划中，位于都道府县之后，町村之前，与市相近。“市”一般对应都市化的地区，“郡”对应除此之外的地区。随着昭和平成时期市町村的合并，市与郡的差异变小，但市开始增多，郡逐渐减少。如今的郡只作为广域行政体的范围和都道府县选举区的区划存在。

③ 冈村千秋（1884—1941）：明治昭和时期的编辑。曾任职于读卖新闻社、博文馆，后创立乡土研究社。在与柳田国男的交流基础上编辑了《乡土研究》，还出版了《炉边丛书》等民俗学相关著作。

④ 指本书原名《猪鹿狸》，日文书名中的“猪”指野猪。

⑤ 狼：原文日文汉字写作“山犬”，是日本狼的别名。

部系列作的心情。事实上，彼时还健在的芥川龙之介先生曾表示，他那会儿正想着要写一本题为《梅马莺》的书，所以看到我这本《猪鹿狸》时很惊讶，说这太巧了。

十、本次修订版，将《鸟的故事》作为附录添加在最后。

修订版序

事情发生在大正十四年（1925）的初夏，也就是本书出版的前一年。我刚探访完羽后的飞岛，归来时碰巧去了趟同国[①]的由利郡矢岛町，听熟悉当地掌故的老者们讲了些山中兽类的故事。为了去那里，我选择了山路，从位于海岸线上的金浦出发，越过鸟海山山腰，横穿茫漠的冬狮之原——据说这里曾有狼群出没。因为一路跋涉，到达当地后，听来的故事也更令我印象深刻。矢岛从前是生驹家[②]的城下町，从出羽国的本庄沿子吉川逆流而上，占据鸟海东北麓一带的笹子村、直根村等地的山中特产——玄米、竹笋、松茸等，都在这里集散。与此同时，这里也是山中兽类故事的云集之所。出于这个原因，我听他们讲完故事后，又从笹子前往直根村的百宅部落，在那里四处打听。

老者们所讲之事，在我这个成长于东海道山村里的人听来，多少有些异样。怪异之处在于，他们虽提到很多关于狼、熊、鹿、羚羊的故事，却完全没说起过野猪。提起日本的山中兽类，狼自不必说，还有熊、鹿、猿、羚羊等，但在我眼中，野猪的数量应该比其他兽类多得多，因此，老者们未提及野猪，在我看来很是不可思议。由此，我找准时机试着把话题转向野猪，但在场人士几乎都没有反应。接着，其中一个外表正直的人告诉我，这一带从未流传过与野猪有关的故事——过去或许有，这话令我十分意外。事实上我也是从那时开始意识到，自己认定无处不有的野猪，在东北地区似乎并不多见。这是我自小生长于东海道温暖地区而形成的认知错误。这样看来，如果将来能有一本《日本野兽风土记》，这大概也是个值得特书一笔的问题。

*

从动物分布上来看，就像位于寒冷地区的青森县也有椿花盛开的小岛③，野猪们大概也会为了寻找适宜生存的栖息地而迁徙，因此，其大本营或许存在于我们意想不到的地域。但从地理上看，似乎可将常陆④的八沟山一带视为分界线，再往北，野猪的足迹就极其罕见了。

在福岛县的南会津、新潟县的山地地区，猎人的狩

① 本书中出现的“国”皆为旧时律令国，同国意为同一地区。此处指出羽国（属东山道，今山形县与秋田县）。

② 生驹家：战国时代的武将家族。江户初期，赞岐高松藩生驹家发生内乱，后被贬至出羽国由利郡矢岛。

③ 原文为“椿岛”，应是指青森县夏泊半岛北部的椿山。椿：指日本山茶。与中国山茶同种不同属，形态也不同。

④ 常陆：日本古代律令国之一，属东海道，如今的茨城县。

猎目标不是鹿，就是熊、羚羊、猿等。野猪当然也会出没于雪地，但硬要说的话，它们生性更偏好日照充足的疏林或茅草丛生的场所。陆前[①]本吉郡的海岸附近虽然在地理位置上更靠北，但也正是因为拥有此类条件，才有野猪出没。与之相对，鸟海山麓等地四处残留着大片密集的山毛榉林，这类地方想来并不适宜它们生存。

比起野猪，鹿的分布倒是意外地广泛。即便是在如今，从南边的宫古列岛往北，至奥羽、北海道都能见到鹿的踪迹。与野猪相比，鹿给人一种贵族的感觉，人们或许会因此认定它们的生存能力比野猪差，事实上，无论是在密林里或雪地中，鹿都自由自在地生活着。而今，这些鹿逐渐销声匿迹，很多地方都不再得见，究其原因，主要是由于人类的滥捕；在这一点上，野猪的情况又有不同。现下，常陆的八沟山一带，鹿与野猪都很少见了，但在从前，鹿的数量似乎远超野猪。

即便是现在，水户市、久慈郡太田的城镇居民中，仍有不少人认为，八沟山山麓一带的居民还在靠打猎谋生，但那已经是四五十年前的事了。不过，他们所讲的内容还是值得一听。但不出所料，故事里出现的兽类还

---

① 陆前：日本古代律令国之一，属东山道，包括如今宫城县的大部分和岩手县的一部分。

是鹿。当冬天来临，下野[1]那须一带的高原地区被大雪覆盖之时，鹿群会迁徙至八沟一带的山地。鹿不像熊或獾那样需要冬眠，虽然它们未必讨厌雪，但若邻近地域更加温暖，它们就很可能向那里移居。鹿的四肢健壮如斯，又时常成群活动，或许也是出于迁徙的必要。

*

昭和元年（1926）秋季，我到常陆的八沟山（实际横跨磐城与下野三国）山麓地区寻访之时，当地的猎人已经所剩无几。彼时我在黑泽村（久慈郡）住了一晚，第二天便到中乡字[2]拜访一位猎人。走到他家门口，就被那由直径四尺[3]左右的大树切片做成的门柱吓了一大跳。进门后见到一个身材高大、需抬头仰视的汉子，他眼睛凹陷，脸上长满胡须。一瞬间，我脑中闪过一个念头——莫非他是阿伊努人？那老者说话的模样，至今依然浮现在我眼前。他告诉我，这里以前也有很多熊，但现今已没有任何证据能证明了。不过他说，我接下来要去的福岛县白川郡有个乔木村，可以去那儿找个叫伊香

① 下野：日本古代律令国之一，属东山道，如今的枥木县。
② 字：日本行政区划中，市町村以下的区划名称。分为大字和小字。
③ 尺：长度单位。在日本，1 尺对应的长度因时代不同有所变化，但在这本书写作的时期，1 尺约为 30.3 厘米。

的地方，当地有个诹访神社[1]，不知道是否还在，那里每回祭祀都要供奉熊头，累累白骨都堆在神社前某户人家的院子里。

告别这位老者后，我又去了上乡、矶神、蛇穴等部落寻访猎人。果不其然，这些地方的猎人，狩猎对象不是熊就是鹿，关于野猪的故事也很少。但他们并非完全不猎野猪，矶神的猎人会把打猎时穿的鞋吊在家中，那种鞋就是用猪皮做的，样式颇具古风。那猎人说，老人们曾告诉他，野猪里还有一种名为“白猪坊”的品种，全身长着白毛。日光深山里的温泉附近，也有猎人穿这种鞋打猎，不知为何，这鞋又被叫作“猪鞋”。从此类事实可以推测出，当地存在相当数量的野猪。

*

越往西走，野猪的传闻就越多。伊豆天城山的皇家狩猎场，在不久前还是狩猎者们争名夺功的场地，连同丹波的云之畑一起，时常出现在每年的新闻报道中。猎物里当然有鹿，但更常被谈及的还是野猪。此外，以三河的伊良湖为中心，近江的伊吹山麓自不必说，自伊势

① 诹访神社：本社位于长野县诹访市，分为上社与下社，各在一地。全国各地都有分社。

往纪伊方向也有诸多野猪的传闻。尤其是大和的玉置山，因出售祛除猪鹿的护身符而与武藏秩父的三峰神社拥有同等的知名度。

涩泽敬三先生所藏的《猎猪古秘传》[①]一书中，记录了许多民间打猎的故事，窃以为很有价值。书中所记年代想必是德川幕府末期，遗憾的是具体地点不明。不过，从内容可以推断出，是大和到纪伊一带的传说。其中我觉得最有趣的一条是，猎人一旦射中猎物，即使见它逃窜至他人领地，也一定要将其捉住。

中国地区[②]的野猪传闻也俯拾即是。冈山的山村、周防以及长门等地如今依然栖息着许多野猪。不记得是哪一年了，我住在石见那贺郡的温泉酒店，听熟悉当地掌故的老人们讲了一整晚猎野猪的事。四国也一样，说起打猎，自然就是打野猪。

从中国地区跨海行至九州，野猪的话题更是层出不穷，与之相对，鹿的存在感变得极其稀薄。不过，据说博多湾的能古岛，近年来由于从鹿儿岛县、马毛岛引进的鹿群大量繁殖，已经对本地农作物造成了危害。从岛上回来的时候，我还曾与猎人当日捕获的大鹿同船，但

---

① 原书日文名为《猪狩古秘伝》。

② 中国地区：此处是日本的地名，指本州西部冈山、广岛、山口、岛根、鸟取五县所占地域。

那算是人工繁殖的物种，此处不再赘言。

某年我住在福冈，其间数次到丰后的玖珠町、大野郡的三重町买猪肉回家。南海部郡的因尾村与东部地区的八沟山麓一样，流传着许多猎人与野猪的故事，据说他们会把猎物带到三重町附近处理。类似的传闻很多，当地虽然常有活着的野猪出没，但给我印象最深的还是“千猪冢”的传闻。

千猪冢，是指猎人以捕获一千头野猪为节点，为供养野兽亡灵而立冢祭拜。福冈的佐佐木滋宽先生说这类冢到处都有，但我因为粗心大意，并未实际碰到过。我在肥后的五箇庄停留时，也曾听闻类似的说法。当地人告诉我，仁多尾就有这种冢，但我最终还是没能前去确认。

*

土佐也流传着类似的传闻，那里一般称其为“千头猪”，但比起立冢，当地人更倾向于把猎猪达到千头的情况视为不祥。此种传说并不局限于野猪。其他兽类，尤其是鹿，应当也有，流传时间似乎也更长，远江[①]“千

① 远江：日本古代律令国之一，属东海道，相当于现在的静冈县西部地区。

头山”的地名传说即为一例。

在祭祀中供奉鹿首的情况也见于诹访神社，另一方面，打猎为生的人们也有到诹访神社上供的习俗。据说，只要把写有“奉纳诹访神社”的名牌放在路边，路过的马夫就会挨个儿将其挂在马鞍上带走。这是三河北设乐郡流传的说法。而在陆奥[①]黑石在的六乡村鹿之泽[②]，不知何故，其岩壁上雕刻着许多鹿头，此事在菅江真澄[③]的纪行文里也曾出现过。

在千头猪、千头鹿的传说里，“千”字或许也有一定的意义，想来，这与传说中以人为对象的“千人斩”不无关联。无论如何，它与猎猪行为联系在一起，并广泛流传于猎人间的现象很有意思。如上所示，如果一个地方没有出现大量野猪，也就不可能留下这类传说。提及九州栖息了大量野猪的著作，有柳田国男先生的《后狩词记》[④]。该书记录了日向椎叶村（西臼杵郡）的猎猪状况与狩猎方法。

---

① 陆奥：日本古代律令国之一，属东山道，相当于现在的福岛县、宫城县、岩手县、青森县。

② 鹿之泽：原文为ししが沢，しし用汉字表记可写作“狮子”“鹿”“猪”等，结合后文，此处应为“鹿”。

③ 菅江真澄（1754—1829）：江户后期的旅行家，博物学学者。

④《后狩词记》：柳田国男民俗学研究的原点之一。以椎叶村为研究对象，以古老传说为基础，收集和介绍了当地狩猎场所的名目、狩猎相关的语言及狩猎状况等。

在冲绳，人们把野猪称为山猪。其分布不只限于本岛山区，也远及八重山列岛的石垣岛。当地以万年青岳为中心，整个岛都是野猪的栖息地。这一来，山猪影响农作物收成的控诉也频频传来。这里也有以打猎为生的人，称为“犬引”，冲绳本岛的国头地区亦有此称呼。

为抵御野猪而设的栅栏称为“犬垣”，猎猪时大都使用长枪。我曾向如今已去世的岩崎卓尔翁请教石垣岛上使用的长枪形制。虽未见过实物，无法断定，但它与飞弹大野郡等地的山区传承的长枪应是有共通点的。

关于冲绳的野猪传闻，给我印象最深的是在国头郡国头村听到的，至今仍记得很清楚。尤其是前面提到的千头猪，这里也有类似的版本。不过，此处流传的不是千头，而是百头。根据当地受访者的说法，这究竟是为了供养还是举办祭典活动，他也说不清楚；只记得捕获大量野猪的人都会招来亲友款待一番。毕竟是孩提时代的经历，受访者的印象也很模糊，但据说款待宾客的同时，同伴之间还会展开热闹的射击比赛，想来也是一种仪式。

据传，在相隔遥远的常陆的山村也有类似习俗。地点就在前文中提到的久慈郡黑泽村，亦即八沟山的山麓。该地区的猎人们直到明治中期还保留着俗称“百丸之愿”的行为。所谓“百丸之愿”，并非捕获的猎物达到一百头时的举措，而是如字面意义，事先假定“一百”这一数字，向山神祈愿。“丸”是心脏的狩词[①]，要言之，这一行为就是在缔结誓约，要将一百颗心脏献祭给神明。有个照此法实现过愿望的人，刚好在前段时间离开人世。听闻此事，我实感不可思议。

眼下时移势迁，人们开始注重物质，考虑任何事情都主张其价值与意义，百丸之愿的目的对今人而言，或许已经难以理解了。结合我从当地猎人们口中听说的，用今天的话来解释，它就是一种激励，换言之，一种自我鞭挞。不过，猎人们自身未必真是这么想的。即使无法用明确的言语表达，但可以想见，其中必定掺杂了某种自傲或是对打猎的荣誉感。因此，将其比作“千元存款”虽有些词不达意，但二者间确有共通之处。

将这种情感类比为体育项目或许更易理解。当今社会虽然强调身心锻炼，但那不过是人们追求目的与意义时附加的说明，事实上驱动当事者内心的，必定是某种值得骄傲的优越感。按这种方式理解，八沟山麓的猎人们心中激荡的情感，应该类似从前在战场上斩下敌人首级、以此夸示战功的武士们的心境。说到这里，我又想

---

① 狩词：源于前面提到的《后狩词记》及更早的《狩词记》，此处指与狩猎相关的语言。

起台湾原住民猎人头的习俗。

*

前面也曾提过的《猎猪古秘传》一书中写到，猎人中有名望的，又被称为“壮夫”或“萨夫”。“壮夫”［ますらお（masurao）］[①]也许是“猿男”［ましらおのこ（mashiraonoko）］之讹，而“萨夫”［さつお（satsuo）］读音里的さつ（satsu），究竟是古语中“天之征弓”[②]的さつ（satsu），还是“海之幸山之幸”[③]的さち（sachi）呢？以上例子虽不能完全表达出さつ（satsu）、さち（sachi）的本质，但通过民间传说，尤其是猎人们口口相传的说法可以得知，其中包含一种“威力旺盛的灵魂”之意。在天龙川腹地的猎人所形成的社会里，人们认为，存在一种名为“シャチ”（syachi）的神威被世代传承，简单来说，狩猎成果也是由猎具中是否依附着“シャチ”（syachi）、其状态如何而决定的。幸运弹[④]、

---

① 本段主要论述日语词汇的读音问题，故在括号里同时标注假名及罗马音，方便读者理解。

② 天之征弓：“征弓”读作さつゆみ（satsuyumi）。“天之征弓”又作“天之栌弓”［あまのはじゆみ（amanohajiyumi）］，“栌”为神圣之意，此处的“さち（sachi）”应亦作此解。

③ 海之幸山之幸：意为山珍海味。此处的“幸”指大自然的产物，读作“さち”（sachi）。

④ 幸运弹：写作“シャチ玉”，是猎人从捕获的猎物体内取出子弹后，将铅原料回收制成的新弹丸，被认为可以再次命中猎物，故称幸运弹。“幸运枪”与之同理，写作“シャチ鉄砲”。

幸运枪等名称就是由此而来。如果因为某种缘故致使シャチ（syachi）游离体外，该物的躯体便已形同废物；以此为中心思想的插画，数量也颇为丰富。与之相关的内容，我曾在杂志《民族》上以《三远山村手记》为题发表过，此处不再赘述。这种シャチ（syachi）与前面提到的“萨夫”的さち（sachi）、さつ（satsu）之间的语义关联已经得到了证明，它们的相似之处也绝不仅仅是语音。由此可见，这种旺盛的シャチ（syachi）、サチ（sachi）[①]之灵魂，若能有肉体来容纳继承，此人无疑能享有名望。值得探询的是，如何才能成为“萨夫”，或者说，此事与千头猪、千头鹿的故事是如何发生关联的。窃以为，常陆八沟山麓的狩词中提到的“百丸之愿”等，大概也是经由类似的途径，将这种信仰的记忆默默植入人们心底，直到后来发展为“千人斩”这种可悲的愿望。

“百丸之愿”等例子自不待言，在从前的狩猎环境中，事先规定猎物数量再开始狩猎的行为似乎颇为常见。《后狩词记》中也提到一个令我感兴趣的问题，在肥后、日向等地的猎人之间，有这样一种行径：为了获

① サチ：さち（sachi）的片假名。原文中提到シャチ（syachi）时皆用片假名，提到さち（sachi）、さつ（satsu）时多为平假名，此处例外。译文中的平、片假名区分皆遵循原文。

得猎物，要以海里捕获的一种叫“鬼鲉”的鱼来邀请山神。关于这种现象，这本书里写道，狩猎前要先用白纸裹住鬼鲉，向神起誓，一旦捕获野猪，便会让鬼鲉见光；然而每当捕到猎物，却又要在外面多包一层白纸，祈求神明再赐丰收，若能实现便让鬼鲉见光；就这样一层一层增加白纸的张数。然而，我听到的传闻却与书中记录相反，是事先定下猎物的数量，用这个数量的白纸层层裹住鬼鲉，每当捕到猎物，便揭下一张白纸；就这样直到揭完最后一张白纸，便在山顶找个清净的所在，将鬼鲉放置于此。据说放下鬼鲉的瞬间，会听到一种极其恐怖的枪响般的声音。关于此事，我在日向鞍冈村（西臼杵郡）偶然结识的老猎人曾说，他过去和同伴一起弄到了鬼鲉，但又害怕太过贪心会招致灾祸，便学传闻里的样子在外面包了五张白纸。不知是否真是神明显灵，他很快就猎到了五头野猪，于是照旧按传闻里说的，把风干的鬼鲉放在了山顶，但当时并没听到什么特别的动静。

*

在丰后大野郡的猎人社会里，有一种狩猎时的习俗与前面提到的千头猪、百丸之愿或有关联，那就是当获得猎物时，先剖开其五脏六腑，取出心脏，放在一早准备好的白纸中央。猎物的心脏又被称为“神幸[1]”，用它在纸上染出一团红色的圆。染好之后，就成了日本随处可见的国旗。接着将染就的旗子串在签子上，插在地面用于祭祀。飘着旗子的地方被视为神明寓居之所，有些地方的人还视其为神之家。这也让人不禁猜测，我们日常所见的日本国旗，来源是否也与这习俗有关。从猎人社会中传承的现象来看，将血视为神的象征以及血与禁忌的关系并非无稽之谈。又比如所谓的“十二染木”（十二串），用猎物的血染红木签，视其为神的标记予以祭拜，这种行为见于土佐本川村（土左郡）的猎人之间。

*

对马的陶山庄右卫门曾策划实施过一次猎猪行动，虽称不上狩猎，但纵观我国近世[2]的野猪历史，此次行动也算得上是最惨烈的。从元禄十三年开始，他前后共花费九年时间捕猎野猪，数量达八万几千头。而当时全岛人口总数只有三万二千，猎猪量接近人口数的三倍。大概也是因为猪与人数量悬殊，若不挑起一场大决战，

---

① 神幸：意即“心脏”。原文为こうざき（kouzaki），无对应汉字，以音读方式译出。
② 近世：即日本江户时代。

人类命运就会面临危险吧。因此，在《追捕猪鹿纪要》[①]中，由神主诵读的文书里写着如下内容：

> 猪鹿年年妨害收成，致使粮食减产……人们为抵御猪鹿而荒废农业，郡中因此谷物不生，难以为继，此事神明应亦知悉……

实在令人悲痛。可是从野猪的立场看来，这是一场灾难厄运，一种巨大威胁，同时也是它们死前的最后一场噩梦。此后他们仅用了九年，就将岛上的野猪悉数灭绝，唯有一对青壮野猪受到例外怜悯，被放生于朝鲜的绝影岛。

因为对人类生活造成了威胁，对马的野猪很快就遭到灭绝。事实上，随着人类生存权力的不断扩张，逐渐消失的野猪大概不计其数。鹿、熊、狼也是一样。站在人类的立场上看，这也是为了生存，是没办法的事；但当对手的数量急剧减少，人类就像失去了优秀对手的勇士，难免心生怅惘。就这样一点点蚕食同伴，最后只剩自己，也不无寂寥。讨厌也好，憎恶也罢，毋宁说都是爱意的表现，其实我们与动物的关系，很大程度上也是

① 原书日文名为《猪鹿追詰覚書》。

如此。陶山庄右卫门将那对野猪放生至朝鲜孤岛的行为，与平清盛将源氏遗孤流放至蛭岛的传说亦有相通之处。这么一想，人都是寂寞的。

*

众所周知，我国历史上曾与熊袭、佐伯、八束胫、虾夷等原住民族反复发生过多次斗争，而与动物之间的交流虽然几无记录可寻，其频繁程度亦不难想象。流传至今的狩猎习俗中，仍然残留着些许痕迹。

猎人从狩猎场上归来，就像武士从战场凯旋，心中振奋异常。九州的阿苏、五箇庄的猎人们一旦打到猎物，便会吹响号角传递信号，一行人齐声唱起献给山神的歌儿一同下山。听到这声音，村里的女人小孩便会到山口处迎接。这是名副其实的“出村相迎”。此外，南会津的桧枝歧在猎熊时有种称为“胴缔”的活动，即把掏出内脏后的熊皮绷在圆木桶的桶身上，做出活熊的模样，让年轻人背着它混迹在出村相迎的村民中前进。行列之中，还有人在腰间垂挂显摆用的荷包，上面绣着满月——这是他此前第一箭射中猎物时所获的荣誉。仅仅听人讲起这些，眼前似乎就有画面浮现。

另外，以猎物下颚骨做装饰的风俗也颇为盛行，不仅仅局限于前面提到的福岛县伊香。在肥后的五箇庄久莲子村，有位名叫平盛春永的村民家中，便将野猪的下颚骨整齐排列在主屋门柱间的横木上作装饰，数量差不多有两百个。遗憾的是，他家因为遭遇火灾，那些东西都烧没了。不知为何，冲绳的猎人似乎也很珍视野猪的下颚骨，有用它装饰家门的风俗。中国台湾地区的原住民中好像也有类似的风气。另外，日本中部等地的猎人，会将狼的下颚骨佩戴在腰间，作为驱魔之物。二者间或有某种关联。

针对本国动物数量不断减少的现象，动物学家中似乎也有人提出，这是因为动物社会里出现了厉害的流行病。明治三十年（1897）前后确实有过类似的情形，但也恰好是在同一时期，我们的民族文化迎来一个巨大的转换期，过去的生活传统仿佛因患上传染病而倒下，接连消亡。不仅动物，人与动物的交流也被我们忘却，这是不争的事实。

民间传说中也有符合动物学家观点的说法。例如在陆中的远野地区，曾有数百头狼成群结队地翻过当地的山崖，此后便踪迹渐杳。下课回家的小学生们经过山崖时发现数不清的兽类，从前面看像牛犊那么大，绕到后面看又像狗那么瘦，它们纷纷抬起前爪，头部微垂，像树桩一样坐在裸露的山地上。它们有时仰头吠叫，下一刻却又消失不见了。这类传闻在别的地方也有。

另外，在阿伊努民族的传说里，鹿群之所以消失，是因为它们一起渡海去了本土[①]。据说渡海时，后面的鹿会把脖子放在前一头鹿的屁股上，一头接一头，如念珠般串连在一起，越洋而去。

*

接下来提到的故事类型稍有变化。肥后的五箇庄（八代郡）等地，数十年前还栖息着大量的野猪与狼。耸立在肥后与日向交界处的内大臣山绵延处便有此类兽群。当猎人们注意到时，一群狼早已从远处包围了一群野猪，就像是在海里包围一大群沙丁鱼的鲣鱼，伺机从外部发起进攻。野猪里有浑身黑毛的，有长着黑白相间的杂毛的，还有浑身覆满白毛的。它们就这样从一座山迁移到另一座山。狼群会在何地攻陷那群数量可观的野猪呢？见到这一幕的人都非常好奇。以上是久莲子村的平盛春永先生告诉我的，他的父亲曾是五箇庄首屈一指的猎人，也是亲眼见过野猪群的人之一。

如上所述，曾经大量存在的兽类很快消失踪迹的原因似乎只有两种，一种是传染病说，一种就是阿伊努民族传说里提到的那样，动物们连缀成串远渡重洋而去。

---

① 本土：即日本的本岛地区。

但在我看来，恶疾的流行或是原因之一，而人类无节制的滥捕滥杀才是导致它们灭亡的主要原因。在这一点上，多产的野猪或许不在其内，但一年只能生一头幼崽的鹿，很可能是因此才迅速销声匿迹。与此同时，传闻中的“大量存在”究竟是否属实，也很难确定。

不管怎么说，这片国土上的兽类日益减少一事的确可悲。随着人类知识水平的不断提高，人与动物已经无法共存了。它们远离人群消失无踪，也是无可奈何之事。

我在本书中提到的三河丰川上游的兽类故事，其实也是关于它们的最后记录，或者该说是它们的足迹、余韵，甚至更为幽微之物，而且永远无法再现，记之亦不过聊增谈资。不过，反过来想，我们的民族在努力咀嚼、试图理解高水平的现代科学的同时，还跟未开化民族一样拥有与动物交流的经历，从另一个角度看，也不失为一种幸福。狸也一样，我们的生活与之密切相关，无法单纯地将其视为动物。正因距离很近，也不适合将其视作异类，或是另一个世界的生物。

野猪

一、寻访猎人

那是大约三四年前的事了，我因为想听狩猎的故事，而去寻访一位曾是猎人的男子。从前我也认识他，但不久前才得知他当过猎人。

不凑巧的是，这天他刚好进山整田去了，从他家里人口中听说这事时，我有些沮丧，但还是进一步打听了那地方的具体名称，出发去找他。

从街道往山道的方向走二三町[①]，在一块洼地对面，出现了一片矮树丛被滥伐后的痕迹，我立刻意识到，他就在那儿。

在一片新砌了田埂、被围成几段的新田里，有个弓着腰的白发男人在专心致志地筛土。旁边放着辆结实的手推车。因为我早听说他耳朵不大灵光，便走过去大声告诉他我的来意。一开始，他脸上一直挂着无法理解的神情，随着我的说明，他才像是终于听懂了似的轻笑起来，脸色也和缓了，到最后发出响亮的笑声，说“这种经历对你有什么用处啊”，再往后，就愉快地讲述了起来。

他似乎从十六岁就开始猎野猪了。就这样踏遍了近间山的各个角落，有时候甚至会远行至伊势路。那件事也发生在这样一个寻常的日子里。某一年，他听说奥郡（渥美郡伊良湖崎）有大量的野猪，便和师兄一起出发去了那里。他们背着猎枪在赤羽根的海边走着走着，忽然发现距离岸边不远的岩石上停着一大群鸬鹚。他放了一枪解闷，鸬鹚们受到惊吓，同时飞起，其中有一只掉进海里，在海浪间沉浮。二人见状，皆陷入一种乡巴佬的悲哀之中，对此无可奈何。正打算弃之不顾、就此离开时，有个自始至终留意着这边状况的男人从附近的田里跑来，询问道：“师傅，你们不要那东西吗？”得到回应后，男人便扑通一声跳进海里，把它捡了回来。“师傅”②在这一带几乎都是用来称呼猎人的。

听了这段故事，我眼前似乎浮现出两位猎人在初春暖阳下的海边悠闲行走的身姿。在数量有限的猎人之中，还有人抛下自己居住的山谷，为寻找猎物而在群山之间徘徊，极其偶尔才回家看看。

---

① 町：此处是距离单位。1 町约为 109 米。
② 师傅：原文为でし。

二、背小猪的猎人

那是我七八岁时候的事了。那天，父亲有事出远门不在家，我和母亲及年幼的兄弟们睡在一块儿。山村里正值微寒的早秋时节。睡梦中，我被大门口传来的敲击声惊醒。母亲最先意识到是有人在敲门，忙出声询问，但外面的人似乎听不到。接连问了两三遍，母亲才得知来者是邻村的猎人，这才松了口气。问他敲门干什么，猎人说自己刚在相知村入口处猎到一头小猪，但没带搬运工具，所以想来我们家借个背篓（参考配图）。母亲

背篓

听完便从房间角落里取来背篓，打开门递给他，猎人接过便匆忙离开了。我被这件出乎意料的事搅扰得心神不宁又兴味盎然，脑中思绪纷乱，再也无法入睡。尤其是想到在这样的夜里，猎人竟然独自在山中游走，年幼的我心中升起异常的憧憬。

没过多久，门外又响起了敲击声，是刚才的猎人回来了。听到声音，我立刻起床，催促母亲一起出门。可见这件稀罕事有多吸引我。夜色中虽然看不真切，但依稀可见站在门外院子里的男人背着背篓，肩上有块突起，大概是猪被反绑着塞进背篓时向外伸出的脚吧。

据猎人说，他当时正蹲在田边等待天亮，没多久，听到不远处的柴山①上传来一阵踏草而过的窸窣声，透过星光，发现一大一小两头野猪正往山下而来。大致瞄准后，他便开了枪，感觉击中了什么，接着就见小猪从前面的草丛中滚落下来，大猪见状逃走了。那地方就在我家田地旁，因此我记得很清楚。

沿着田边小路向前，有一棵枝干分为三叉的老杉树。每回下地种田，我们都会在那棵树下吃午饭。猎人把经过大致讲了讲，重新叼了根烟，又反复道谢后，才沿着我家门前的坡道离开。如今回想起来，那晚的经历

---

① 柴山：灌木与矮树丛生的山。

就像一个梦。

那男人名叫龟造，据说在猎人同行里也算得上有名的胆大之人。他还有个同村的搭档，是个年轻男人，与他相反，是个了不得的胆小鬼，每次发现野猪都只知逃跑。但托了龟造的福，胆小鬼也总能收获满满。关于龟造还有个传闻，据说村里有位老爷子曾在地里的猎猪小屋外拉了张带鸣子[①]的网，龟造默默撩开小屋入口处的门帘探入屋中，出声道："老丈，今晚就让我来守着吧。"老爷子被吓了一大跳。从前那些厉害又强壮的猎人都已离世，敢在夜里漫步山中的如今只剩这个男人了。

就是那样一个胆大包天的人，却在自家猎犬被山里其他动物咬死后哭了三天三夜。那是一条极为聪明的红毛猎犬，即便主人不出门，它也要每天进山一次，逮回一只兔子或狸。某天，它进山后一直没有回来，三天后，龟造发动邻人们四处搜寻，最终在一座石山的大石头背后发现了它，喉咙被咬破，早已停止了呼吸。大概是狸或别的什么动物干的，想来那家伙也曾因这猎犬吃过苦头。也有人私下里议论，说这是龟造捕猎过多而遭的报

---

① 鸣子：通过发出声响来驱赶危害田地的鸟兽用的一种器具。具体做法是在绳子上挂一块木板，上面并排系数根竹筒，拉动绳子，便会发出声响。

应。那件事之后，胆大的龟造也迅速老去。如今他应该还活着吧，年龄应当已经七十好几了。

三、野猪之祸

到了秋天，稻子开始变黄的时节，山里拥有耕田的人便整晚也不得闲了。冷田的作代一带面积并不大，却时常遭到野猪侵袭，长期受到它们的威胁。临近收获期，村民们忙得脚不沾地的时候，会在太阳下山后制作几十根竹箭，料想今晚野猪差不多该来了，便摸黑前往它们的来途。我曾跟着父亲去过。那一带名叫池代，山间有田，据说野猪就是从山顶下来的。听了这话，我不安地抬头望向漆黑中茂密的杂木林。接着，我们在柴山到田边之间的山崖下竖起了栅栏般密集的竹箭。第二天早上，我随父亲一同去查看，发现其中一根竹箭上沾了五寸左右的黑血。父亲把竹箭拿在手里观察时，我在一旁兴奋地窥探。

竹箭读作ヤトウ（yatou），也读作ヤト（yato），是把较为粗壮的箭竹砍成三尺左右的长度后，将其中一头削尖做成的。村民们在自家前院一角焚烧麦秆，把竹箭

竹箭

一根根架在火上烘烤，由此除去竹子的油脂，使其更加锋利。这似乎也是自古流传的方法。

竹箭原本是竖在陷阱里的猎具，可在野猪落网后刺死它们，此外也常被置于崖下或墙根内侧，用以捕捉猎物。单纯为吓走野猪而将竹箭作为防御器具，毋宁说是危急时刻的灵光一闪。像这样用于制作竹箭的箭竹，至今还在山间各处茂盛地生长着，仿佛已被人们遗忘。

被野猪袭击过的稻田可谓惨不忍睹。尤其是遇上带小猪的野猪，到最后，稻田会被弄得一片狼藉，不堪入目。不仅稻粒被啃，稻秆还被践踏入泥，少量仍伫立着的稻秆，也像脱过粒似的被薅空。据说野猪一口就要叼住好几根稻子拉扯。我时常听农人说起他们望着迎风飘摇的空稻穗，不禁流泪的经历。此外，打理被啃食一空的稻子也是件麻烦事。若有人的稻田遭了殃，隔壁田里的农人见状会赶忙收割，哪怕稻谷尚未成熟，做成炒米也比被野猪吃了强。想来，大家都很憎恨野猪。日暮时分，农人们趁工作闲暇之余去请猎人帮忙猎猪，也是因为除此之外，别无他法。

凤来寺村的长良有一家人曾经放话，谁能捕到一头野猪，就请那人喝一升酒表示感谢。之后，每当有猎人抬着野猪到来，这家人都会送上能买一升酒的钱给对方。付钱的次数越来越多，周边出没的野猪却并未减少。他们派人打探了一番才知道，那些猪是猎人为了领酒钱而刻意从很远的地方弄来的，于是慌忙结束了这场交易。

村里有个叫定吉的男人，屋旁的芋头地里每晚都有野猪出现来拱他的芋头。到最后，野猪胆子越来越大，天刚擦黑就来了。一天夜里，定吉准备了一支枪等着，本没想过会打中，却真把野猪射死了。他原本只是想吓唬吓唬它，待天亮时看到野猪的尸体，简直不知该如何是好。野猪与狐狸、兔子不同，体重差不多有三十贯①，对仅有三四人的家庭而言，吃是吃不完的。仅靠一个男

① 贯：日本尺贯制中的重量单位。1 贯约为 3.75 千克。30 贯即 112.5 千克。

人也很难搬动。别说卖了，即便只是分给近邻，也很难不惊动拥有狩猎执照的猎人们。万一有谁偷偷向警察告密，可就麻烦了。事实上他也听过类似的传闻。据说定吉冥思苦想了一番，最终通过老婆那边的关系找到附近一位猎人，告知实情后把猪给了他。在那之前的两天两夜，他将野猪尸体藏在地里的角落，盖了草席遮挡。虽然也从猎人手里拿了点报酬，但考虑到其间耗费的精力，定吉觉得有些得不偿失。不管怎么说，对农人而言，野猪都是极其麻烦的存在。

四、关于防猪栏

野猪出没的道路被称为兽道。当野猪去往农田或旱地时，一定会走兽道，因此，猎人的陷阱也必定会瞄准兽道来架设。在我年幼之时，村里尚且留有几处这类捕野猪的陷阱，它们设在旱地旁的树丛里，显出几分荒废的迹象。位置大都与旱地相距几间[1]到十几间，穴口直

---

① 间：日本近世到近代普遍使用的长度单位，1 间约为 1.8 米。昭和三十三年（1958）废止。

径约六尺，洞深二间左右。曾经有位同乡途经该处，掉进了陷阱，村人们营救时颇费了一番苦力。

陷阱虽是为了防止野猪糟蹋田地而设，但也有猎人利用它来捕野猪。在陷阱口架上细细的横木，上面再铺一层萱草之类作掩饰，陷阱内则插满前面提到的竹箭。据老人们说，以身手自傲的猎人，是不会使用这种方法的。即便有人用它捕猎，捕到的也大都是小野猪，它们的父母很少上当。

小野猪因外貌与香瓜相似，且皮肤上有白色条纹，所以又被称为瓜坊①。落入陷阱后插在竹箭上的小野猪，则像是盂兰盆节用来送灵的精灵马②。下面的故事是从我奶奶那儿听来的。有一次，邻居家的陷阱捕到了一头巨大的野猪。猪身上插了三根竹箭，却仍在狂躁地挣扎。于是，这家人叫来附近的居民一起用石头砸，终于把野猪砸死了。当时，家家户户的房屋近旁都设有陷阱。

掉落陷阱的除了野猪，当然还有其他兽类。从各地流传的故事可知，狼落网的情况最多。

大概四十五六年前，发生过这样一件事，有狼掉进

---

① 坊：对小男孩儿的昵称。瓜坊［ウリンボウ（urinbou）］，即瓜娃、瓜宝之类的意思。

② 精灵马：盂兰盆节的供物，在黄瓜或茄子下面插上四根短签，做成马的形状。

了凤来寺山麓的吉田屋某家后面的陷阱里。当时，村里很多人都聚了过去，用藤蔓做成畚箕，下头包一张长网降入洞底。狼钻进畚箕后，大家便把网子拉上去放走了它。第二天，这洞里就掉进了一头大鹿，不必说，这是狼为报恩而引来的。

据说狼掉入陷阱后会拼命吠叫。我家有个亲戚是以胆大闻名的猎人，他遇到过一些事，正好能佐证以上传闻。有一次，他家屋后的陷阱里也掉进一头狼。遇到这种事，一般人都会放下藤蔓做的畚箕帮它逃出来，但这个亲戚一点也不害怕，直接放了架梯子进洞，自己爬了下去。当他单手抱着狼上来，将它放生之际，狼开心地摇着尾巴跑了。在场的村人们都被我这亲戚胆大包天的举动吓坏了。当时，狼为何没有抵抗呢，据说是因为亲戚刚开始就念了口诀①。而这口诀究竟是什么，我也并不清楚。有人认为它是一种咒语。明治维新前的某个早上，曾有一头大鹿掉入那个陷阱，这部分发展跟前面的故事一样，也可视为“狼的报恩谭”的一种。

下面的内容或许有些偏离主题。除了为野猪设立的陷阱，村民们还围绕田地开凿了深沟，这也是为了避免野猪入侵。这些沟渠如今或塌或埋，所剩无几。它们被

---

① 口诀：原文为ムズ（muzu），仅表音，无实意。

叫作“堀坊”或其他。沟外筑有高墙，多由石头垒成，一般被称为“防猪墙”，也叫“防猪栏”或“围栏”。

防猪栏

概括说来，这是一种兼具沟渠与墙垣功效的堡垒，类似树篱和八束[①]。将其称为围栏，实则是误用。当地居民所说的围栏，其实是围在烧荒开辟的耕地外的拦挡物。将木桩两根一组钉入地里固定，以此为骨架，在其间加上交错的横木连缀而成。原本不止烧荒耕地，山中的旱地外也有这种围栏，但与烧荒地外的围栏不同，是将坚固的木桩严丝合缝地钉在一起，由此筑成半永久的

① 八束：原文为ヤヅカ（yazuka），仅表音。

结构，有种栅栏的感觉。材料以栗子树的方木料为主。若有破损，则在损坏处加入新的木桩，因此，这些围栏的颜色随时随地总在变化。隔着距离远眺，远山的斜面上竖立的围栏经过长年的日晒雨淋，大都褪为白色，围栏之中，阶梯状的青色麦田延绵不绝，令人心生怀旧之感。如今，站在凤来寺村分垂一带的街道上，仍能望见一个名为岭的部落山地里绵延的栅栏。

五、驱赶野猪的案山子

关于吓唬野猪的案山子[①]，我曾在《三州横山话》里写过，但逐一观察下来，又发现了奇怪的东西。当地人一般称案山子为阿染[②]。也有人把氏神祭礼时展示的高达一丈的稻草人剥去衣物后立在田间。那年正是日俄战争凯旋之年，稻草人大概也象征了俄罗斯士兵。人们将胡粉精心涂抹在稻草人的脸上，据说远远望去确实像

---

① 案山子：为保护农作物不受鸟兽侵害而立在田间的稻草做的假人，一般穿有衣物。为区别于后文中的“藁人形”（稻草人，多用于咒术、祭典等），本节保留日文写法。

② 原文为ソメ（some），仅表音。

人，但诡异得很，想来效果超群。另外，我在北设乐郡的田峰见过一种稻草做的马，上面还骑着个草人。

用来吓唬鸟类的案山子也是一样，但传统的蓑笠打扮已经鲜少见到，如今大都是给它们穿上针织外套，戴上薄木片做的帽子等。我也曾听闻有一家人翻出过去那种上衣下裳的传统套装穿在案山子身上。因为上述情况，才有了下面的歌谣：

> 招完妓回家看到老婆，
>
> 就像见了三里深山中驱赶野猪的假人。

后半句也有其他版本，例如布里或一色等地方驱赶野猪的假人。布里、一色都是当地具有代表性的山村。不管怎么说，住在城里的作者是写不出这种歌词的。

过去还有一种被称为“壁”的草束，点燃后可驱赶蚊蚋，外形就像把女人毛发焚烧后串起来立在田间，或是把马灯挂在竿子上。一般以破布作芯，外面包上稻草或艾蒿，又或是将草束放进竹筒里，侧面开一个排烟孔。在竹筒开口处点火，然后每块田里放一个。还有一种袖珍小巧的版本，用于夏季蚊蚋多的时节。割草的女人们将其挂在腰间，除了驱蚊，那种带有焦糊味的烟也能赶走野猪。“壁”也叫“笼”，东京等地形容焦糊味时，也说“笼臭味”[①]。此外还有一种方法，是将粗长的朽木一端用火充分烘烤后丢进田里。上述所有方法都能在小雨天气照常使用，冒出的烟一般能持续两三天。

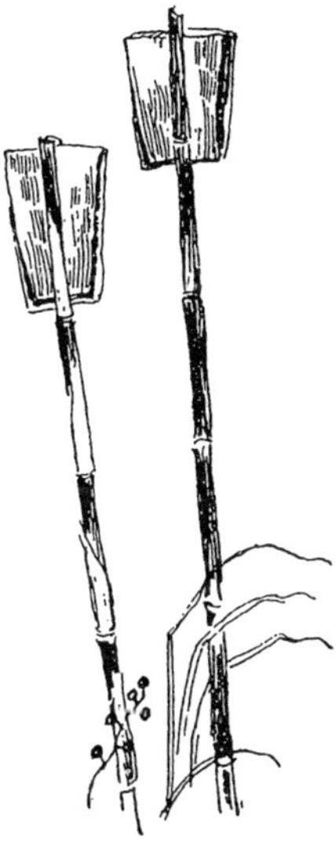

壁

还有一种异于案山子，但像是围栏变形后的产物，一般见于群山连绵的田埂间，那就是在田地周围张挂的铁条网。这是一种新设计，间接受到了战争等的影响。事实上，人们为了方便，大都还是会跟过去一样，亲自

① 焦糊味的日文一般读作“キナ臭い”（kinakusai），此处使用田间草束的读音，读作“カコ臭い”（kakokusai）。

在田间小屋里看守至收割之时。就这样，大家争先恐后地按各自的喜好搭设小屋，到最后，一眼就能看尽的小山坳里，甚至会出现五六个稻草屋。与往昔不同的是，现在的人不再使用带鸣子的网，而是用敲打空石油罐的方式来驱赶有害的鸟兽；过去用来敲击的栅木也被亚铅板（多用来铺屋顶）替代。话虽如此，仍有一些长辈健在的家庭还在使用击打栅木的方式。

栅木，是横放在守田小屋中央，用于分隔空间的圆木。看守的人坐在炉边，取一根称手的棒子不时敲打栅木，以此熬过漫漫长夜。敲击的间隙，他们嘴里还会发出“嚯咿嚯咿”的声音。

小孩子们玩的接词尾游戏里，有一句“嚯咿是山里人家驱赶野猪的声音”，其中的“嚯咿”，就是看守人发出的声音。除了栅木，也有人敲击木板，无论用什么，当那声音回响在秋夜寂寥的山谷中时，都足以吓跑可恶的野猪。这样一想，驱赶野猪的方法也让人心生怀旧之情。更不用说那些听着敲击声入迷的经历，实在令人眷恋。

在我幼时亲近的人里，有个直到八十多岁还住在守田小屋里的男人。他的儿子们害怕邻居说闲话，以为他们对老人不好，多次让他回家里住，但老人不肯听。就这样，他直到去世那年秋天，也依然在小屋里敲打着栅木。只听这个故事，会生出一种悲凉之感，但对那位老人而言，能保护田地不被野猪侵袭，其实比什么都快乐，也是他理想的归宿。从前的山村，有时也会用这样的方法来节省劳动力。那位老人名叫山口丰作，是个极其朴实木讷的人。直到现在，每当想起他，老人敲击栅木解闷的声音都会在我耳畔回响。

六、野猪与文化

很多人都说，近来的野猪不仅比从前用围栏或陷阱驱赶的时代更为伶俐，性情也变得更加多疑了。多疑，意味着它们的性格不再单纯。无论是微弱的声响，还是奇怪的食物香味，野猪们都已提高警惕，不再轻易靠近，并迅速习惯了这类事物的存在。待你有所察觉，它们的出没方式已足够灵巧，甚至能在一夜之间沿着山峰与洼地，风一般从十里十五里外的远方来到你面前，又在当晚返回原本的栖息地。就连猎人们也开始抱怨，如果听到野猪出没的消息才开始进山搜寻，则为时晚矣。

野猪偷袭村民们堆在屋角的稻束、偷挖房子周围的甘薯田的举动，放在五十年前一点也不奇怪，但与当时相比，如今野猪居住的山林越发稀疏透明，或许正因如此，它们才变得多疑起来。尤其是前一阵子，山中树木遭到大量砍伐，以此时点为界，野猪曾一度消失，而后虽又重新出现，性情却已全然不同。

山林的面貌与从前相比，亦有翻天覆地的变化。我小的时候，屋后面有一片杉树林，林子里的蕨类植物非常茂密，高达一丈左右，奇形怪状的老杉树遮盖了沿路的导水管，树上每年都有松鼠筑巢。林前的田埂畔耸立着一棵巨大的朴树，日落时分，树影能把整块地都盖住。屋内的香榧树根粗壮无比，周围缠绕着蔓草类植物，让人难以接近；枝干还一直向屋外延伸至院子里。仅是这棵树，就足以体现山村的况味。以上只是我家的情况，但环顾全村，群山中确实只能看到寥寥几户人家。

野猪喜欢出没的山田草场或是柴山里，必然生长着繁茂的合欢树，而且都是有年头的老树。夏日里，深绿的草丛中伫立着一棵棵表皮白皙的树木，当红色花朵绽放之际，整座山也因此变得美丽而幽深。从前的人在山林到草场之间种合欢，是因为听说它能让草长得更加丰茂，而如今已无人相信了。说是阴凉处不适合牧草生长，便把能遮阴的植物全都砍掉了。

茂密的蕨类植物被当作碍事的杂草除掉，变得越发稀疏，茅草丛与竹林也被开辟成田地，野猪们能藏身的地方几乎都消失了。从前也出没于山林中的鹿和狼更是早已销声匿迹。在夜晚也能听见火车汽笛声的地方，野猪是不可能再露面了。

就连恫吓野猪的稻草假人，或是以此驱赶野猪的举动，也显得潦草而过于无情。明明野猪都快没了，人们还日复一日把这种东西放在地里，想着“野猪还没走吗，还没走吗”，无怪它们会消失。

也有人说，内地的皇家森林每逢开采时节，都有无处可去的野猪被驱赶出来。这或许是真事。实际上在凤来寺的皇家森林向民间出售那年，确实有很多人见到大量野猪逃往附近的村子。

七、驱除野猪的护身符

据说那是个下着小雨的夜晚。守田小屋附近突然有怪异的声音响起，守田人好奇地掀开门帘向外窥探，发现田边的井旁有个漆黑的怪物一动不动。一开始看着像猎人，就着星光仔细打量，原来是一头大野猪。

无论守田人怎么小心提防，只要一个疏忽，就会遭到野猪偷袭。

有户人家因为人手不够，就点了煤油灯在田里挂了个通宵，讽刺的是，田最终还是被野猪啃了。反而是这家人邻近的农田主人因为太忙顾不上，干脆破罐破摔，几天都没管自己的地，野猪却没有靠近那里。因为类似的事例很多，人们便开始相信，只有运气不佳的人才会被野猪啃食田地。也有人仅仅因为感冒当晚没去看守，次日便发现稻田被野猪偷袭了。这一来，野猪俨然成了藏在小屋里的老鼠或猫，躲在角落里打探人们的生活。我也曾听女人们同情地低语，感叹被野猪啃了稻田的人“运气也不好啊”。

村里有个人想起传说故事中，远江的山住神有能驱除野猪的木牌，便去求了块回来。其他人起初都嘲笑他，但很快又心生不安，争先恐后地跑到同一个地方求取木牌，拿回来立在田地里。于是整个村子的田里都竖满了木牌。

山住神是镇守于远江周智郡奥山村的神灵，人们相信它是狼的化身。收割完毕后，田地里剩下大量箭矢，上面插着山住神的白木牌。据说有个男人在求取木牌时一再追问它是否真能有效驱赶野猪，卖木牌的人说：“要是担心木牌力量不够，不如请山住神现身帮助你可

山住神的木牌

好?”男人吓了一跳，说了句“那倒不至于”，便立刻走了。奇妙的是，那一年当地都没有野猪出现。到了第二年，村里却没人再去求取木牌了。可见，村民们的心比野猪还难琢磨。

传闻说，只要山住神现身，野猪或鹿一靠近田地就会当场毙命。虽然肉眼看不见，但山住神现身之时，田圃附近的草木叶阴及石头上都会显现出某种惊人的迹象。近日刚成为村里空寺住持的和尚也是山住一派，他好像曾放话说："如果怀疑山住神的力量，就请它现身杀头动物给你们看看如何。"实在叫人不寒而栗。

我也曾去拜访那位和尚，不巧的是，他不在寺中。我只好从寺里的老婆婆口中打听了些事便离开。但我见到了供奉山住神本尊的神位，旁边种着神木，周围挂有注连绳与白布。神位里放了个五寸大小的漆黑箱子，据说神灵就寓居其中。印象中，箱子表面写了个"右"字。

我厚着脸皮请求老婆婆让我瞻仰箱中之物，但她煞有介事地说，开箱虽不麻烦，但之后要再请回神明就很难了，让我如果实在想看，就等住持在的时候再来。据说一旦开箱放出山住神，它就会发狂大闹一番，其他人压制不住。老婆婆那阴森的表情与箱子上的"右"字散发出神秘的气息，我不知不觉就深信不疑了。后来听说，住持的行事也让村里的有心人心生疑惑。和尚告诉村民们，山住神无论如何不会离开此地，后来人们便在寺后的山中新建了小神社祭祀。但没有用，即使山住一派的和尚就在附近，野猪的活动也从未断绝，因此，村里人仍不得不住在守田小屋里。

八、空想中的野猪

曾经有个女人，在天还没亮的时候背着干草前往相知村入口处的山里。走着走着，突然发现前方有一头灰色的小猪模样的兽类，正骨碌碌地前行。当时，那小兽完全没察觉后面有人，这女人胆子也大，不慌不忙地跟在后面。走了大概三条街的路程，小兽便离开大路，钻进了一旁的草丛中。女人回家后说起这事，家里的老人告诉她，那是一头野猪。女人吃惊的同时不免感到失望——那种小家伙居然就是野猪？

但凡是听过野猪的故事，见过它们公然糟蹋田里水稻、满地打滚或挖蚯蚓留下的痕迹的人，一旦见到现实中真正的野猪，大概都会跟那女人一样失望吧。那种家伙居然就是野猪。

在我的记忆里，野猪是一种可怕而强大的野兽，自我懂事的时候起，就不断听说它们的传闻。而当我第一次见到野猪被猎人拉出屋后陷阱、扛着离开时，我的幻想破灭了。话虽如此，我仍然会在想象中描绘另一种全然不同的野猪形象。

我年幼的时候，有个来自八名郡宇里的伐木工人在我家住过一阵子。那是一个正直诚实的男人，五十五六岁年纪，说起话来滔滔不绝。但神奇的是，无论他说什么，最后都会落回打猎和野兽的话题。后来我才知道，他当过猎人，但我终究没能找到机会询问他缘何成了一名伐木工人。在他停留的那一个月里，我从他口中听到了许许多多关于打猎和野兽的故事。其中，最让我难忘和感动的，就是野猪与鹿的性情差异。据说，鹿往山坳处逃窜时，如果刚好被击中要害，便会如字面所述，像屏风一样倒下，那场景看着真叫一个痛快。但野猪却不同，即使被人击中要害，也绝不会像鹿那样直接倒下。它们会拖着受伤的身躯继续向前跑两三步，接着静静地朝前栽倒。听了这些，我眼前依稀浮现出一位被无数箭矢枪弹击中的勇士的临终之景，心道，这姿态真不愧“野猪”之名啊。

此外还有关于受伤野猪的故事。我曾听人说，要是撞上它们，最后恐怕会性命不保，于是兀自想象着野猪露出獠牙的恐怖形象。据说村里有个人遇上这样一头可怕的野猪，却巧妙地躲开，使其以倒栽葱的姿势摔倒在后山谷里，想来实在痛快。我一直对此深信不疑，还多次讲给别人听。

话虽如此，我也曾沉迷于野猪对猎犬穷追不舍的故事，听多少遍都不觉厌烦。每每此时，空想世界中的大树便愈发枝繁叶茂起来。

九、野猪的踪迹

据猎人们说，野猪从夏天到初秋都睡在茅窝里。所谓茅窝，是它们在山顶附近茅草生长茂盛处选择一块略为平坦之地做成的睡床。具体方式是在地面挖一块长方形，铺上落叶、枯草，上面再铺一层长长的茅草等，床的两侧用来出入。

有的茅窝位于半山腰，但要避开坑洼等湿地。据说是为了预防蚊虻，因为野猪要在这里养育幼崽。刚生下不久的小野猪死在茅窝附近的先例不少。因为小野猪的皮肤上尚未长出毛发，很容易被蚊虻刺中而亡。

茅草可用于铺盖屋顶，茅草地则如字面意义，密集生长着六尺以上的茅草，是人类难以涉足的地方。

这里也有树，但也就是些稀稀拉拉的日本七叶树与枹栎，其间混杂着些虎杖，此外几乎没有其他植物生长的余地。草丛则与山间所有野地一样，胡颓子、野木瓜、山葡萄和不知名的蔓科植物相互缠绕而生，郁郁葱葱，如同坟冢，连阳光也难照入其中。到了秋天，这些蔓生植物的果实一齐成熟染色，鸟群也自然而然被吸引过来。这里饱受大自然的恩惠，狸喜欢将巢穴筑在此类场所，野猪当然也爱隐蔽于此。

野猪爱在泥泞里打滚，猎人们绝不会放过这些痕迹。它们打滚的地方大多在坑洼处的湿地，踩下去立即会浸水，地如其名，十分潮湿。从地形上看，多位于山涧溪流的尽头。曾几何时，我在村里的内布库山[①]见过野猪打滚。那是孩童时期，虽然记不太清了，但印象中它们老是在同个地方反复翻滚，留下的痕迹就像插秧之前平整秧田，泥泞上有一层清澈的积水。当时我还听说，野猪不时泡在泥地里，是为了给身体降温。

山里还有野猪滚过泥地后留下的踪迹。山间谷地里的羊肠小径被踩得乱七八糟，难以通行，那里就有野猪留下的一片片湿淋淋的足迹。在村人们口中，它们总是“明明昨晚才出现，现在却没影儿了”。据说足迹呈现出的蹄子形状越尖，野猪就越年轻，形状越圆，野猪就越老；由此可立即判断出野猪的个头大小。

此外，它们还会在山顶等地势平坦的草场中挖来挖去，像翻地一样。据说是为了搜寻蚯蚓和蛴螬，留下的痕迹宛如铁锹翻过一般。

---

① 原文为ネブック（nebukku）山，假名仅为发音，无实意。

这样一想，野猪还会大费周章地刨山药。原本为了在秋季吸引野猪注意力而播种的小麦到头来派不上用场，山药还是被挖走了，实在可惜。栗子等也一样。被野猪劫掠之后，几乎一颗果实也不剩。翻遍落叶堆寻找，偶然发现了一枚，里面的果实也已经被吃掉了。

据说在从前，野猪还会到农家翻找地板下的虫子。有人早上醒来，发现后门口的底横梁被野猪拱得乱七八糟。还有人说它们会到山间小溪里捕捞虾蟹，也吃蛇或蝮蛇，这样看来，大概没什么东西是野猪不爱吃的。

十、遭遇野猪之事

时常听闻野猪不知道人正在靠近，依然打着鼾睡得很香的故事。七八年前，我听一位进山采摘野木瓜时遭遇野猪的女人仔细说了说当时的情况。本地虽然多山，但除了猎人，实际也极少有人真的近距离见过活野猪。

村里有座集北托山[①]，深谷之底蜿蜒着一条小溪。横跨小溪两岸的繁茂草丛中，有一串挂着累累果实的野

① 原文为ジベットー（jibettou）山，假名仅为发音，无实意。

木瓜。女人分开茅草丛朝它走去，在即将抵达野木瓜附近时，莫名感到一丝焦躁，蓦地向脚下一瞥，只见一丛横卧的茅草叶中心，正躺着一头浑身漆黑的巨大野兽。女人冷不防吓了一跳，而那野兽正跟猫似的呼噜呼噜打着鼾。只消这一眼，女人便立即转身逃走了，至于它具体什么样子、如何躺卧，她一概不知。女人因注意力全被野木瓜果实夺走，直到逼近野猪身边才有所察觉，因此受到了不小的惊吓。即便如此，成熟后低垂的紫色野木瓜与枯茅丛中酣眠的野猪两相对照，实在是一幅出人意料的构图。若是在野木瓜藤蔓交缠的树枝周围再加上一群小鸟，就会变成一幅更漂亮的画面吧。

下面的故事虽然不像画那么美，但也是从数尺以内近距离观察到野猪的实际见闻，令人耳目一新。遭遇这事儿的是村里一个男人。那天，他独自在凤来寺村分垂的山中烧木炭，大约午后时分，他感觉有某种东西踩着近处的蕨类植物下山来了。透过树与树的间隙一看，一头巨型野猪正静静朝炭窑的方向走来。事情发生得太快，男人已经没时间逃跑，也没地方躲藏了。如果野猪猛地冲过来，他就死定了。男人抱着视死如归的决心，紧紧握住炭木戒备。而野猪看到男人时毫不惊慌，静静地走过炭窑旁的小路，继续朝山下走去。以上就是事情的全部经过。据男人说，那野猪长得很吓人，是头上了年纪的老野猪。毛色比起灰更接近白，从背到胸的区域不知是否涂了松脂，简直像把岩石穿在身上那般有光泽。这段经历就像曲艺故事里经常出现的狒狒那样，有令人难以置信的部分；但亲历者坚信自己没有看错，丝毫没有怀疑。其实，其他地方也曾出现过野猪身上涂有松脂的传闻。而且这个故事也有充分的旁证，证明那野猪非比寻常——事情发生的几天前，就有几组猎人在山中到处搜寻一头老野猪，据说那野猪明明挨了三四发枪子儿，却依然在山间自由出入，怎么也抓不到。以上传闻里有诸多要素与男人的遭遇相符合。

后来那头野猪到底怎么样了呢，我也再没听说，想来即使它被击中，也不会那么简单地死去吧。一方面，因为声称遇到野猪的男人是个素来话少的实诚人，他的经历也就这样被大家相信了。在口口相传的讲述中，这则见闻想必也会逐渐镀上一层松脂般的金箔，永远地流传下去吧。

即便是居住在深山里、时常与野猪打交道的人，也只有极少数能以冷静的态度观察它们的生态。生活在自然环境中的野猪，与被猎人扛着离开的尸骸不同，自带一种难以侵犯的威严，这是事实。很多时候，除了人眼所见的情况，还有更多值得探究的地方。而本该只把野猪视为猎物的猎人们，仿佛已经有了这种探究的倾向。

十一、猎猪的笑话

这也是我从熟人那儿听了无数遍的故事。据说他刚开始做捕猎帮手时，因为害怕野猪，干出了一件非常滑稽的事。

事情是这样的。当他到达狩猎场，离开伙伴独自一人等待之际，一想到野猪万一专挑自己所在的方向跑，就害怕得坐立难安。很快，附近洼地里传来“砰”的枪响，同伴随之发出呐喊示意。听到这声音，他立即吓得失去理智，爬上了近旁的一棵栗子树，从树上往下窥探。想猎捕野猪的心情也早已消失得无影无踪。

接着，不远处又响起一声枪声，与此同时，近后方的地面发出沉沉的震动，有什么东西从草丛里蹿了出来。在意想不到的地方遇上意想不到的事，男人吓得跳了起来，脚下一滑，猛地屁股着地摔落地面。似乎也是在同一时间，被追逐的野猪安全逃脱，侧眼看了男人一眼，悠然地跑向山顶去了。回过神来，男人才意识到，一开始引起地面震动并蹿出来的，是睡在草丛里的小野猪，它们被枪声惊醒，才跑了出来。因为这事儿，男人不仅摔伤了腰椎骨，还被同伴们又笑又骂，从此再也不敢追捕野猪了。

与自我夸耀式的故事不同，他本人是将此事作为失败经验来讲的，因此听的人觉得很有意思。事实上我也听过不少类似的故事，这大概是时常发生在胆小者身上的笑话。我第一次听说时，或许因为阅历不够，未能充分体会到可笑之处，反倒是身边的大人们，一个个笑得前俯后仰。

男人名叫铃木户作，本业是伐木工人。他原本就很健谈，会聊各种不可思议的话题。我家修缮房屋那阵子，他在我们那儿住了一百多天，其间也给我讲了很多故事。刚才的笑话也是其中之一，他讲起来非常生动幽默。

他当时四十五六岁，尚未娶妻，总在各个村子间游走，连他自己也说，他明明长得不错，手艺也好，待人接物和蔼可亲，为啥非要爱上伐木这行呢。有人私下里笑话他“心大得超出人想象”，也有人将他贬得一文不值，说他的故事都是编的。偶尔有人想托他办事，但找不到他人在何处——户作就是这样一个居无定所的人。当时，我家有一本老旧的算命书，能根据生辰八字推算人的境遇，我帮他算的时候，他很高兴地听着。几年前我回老家，在路上遇到了多年未见的户作，彼此礼貌地打了招呼，他告诉我：“以前你说我到了五十六岁就能安定下来，托你吉言，我确实有自己的家庭了。”我闻言颇为震惊。

虽然他看上去总是那么悠闲，但听了他的身世才知道，事实并非如此。据说他父母年纪很大的时候才生下他，前面的兄弟都嫌他是个麻烦，把他当累赘养着。父亲也觉得不能当着其他孩子的面让他赋闲家中，于是在他七八岁的时候，把他送到亲戚家寄养，他在那里一边帮人带小孩儿一边长大。他曾将这些事告诉我，并罕见地感慨：“大概没人比我过得更苦了吧。”

说了太多无关紧要的事，但前面提到的滑稽体验，想来并非户作独有，而是多数猎人都经历过的。曾经有个村子里的财主对猎猪产生了兴趣，很想试一试，特地让人做了一身全白的鹿皮裁着袴[①]，打扮成飒爽的猎人模样，然而到了关键时刻，他还是畏缩得不敢去狩猎场，最终没能实现猎猪的愿望。这个故事里的主角是个外行，还是个财主，所以更让人兴味盎然。

十二、往昔的猎人

接下来要讲的，跟野猪没有直接关系，但因为前面

① 裁着袴：男子袴的一种。腰部到膝盖宽松，从膝盖往下缝成绑腿样式，穿时紧裹在腿上。

提到了猎人，这里就附加一则并不罕见的故事吧。从前，在某个地方有一位猎人，夜里在炉边用烧水锅的盖子不断搓着翌日要用的枪弹。炉边的家猫见状坐直了身体，聚精会神地盯着猎人手上的动作。猎人每搓圆一枚弹丸放在身边，家猫便抬起前爪从耳后往前绕一圈。

第二天早上，猎人早早起床，出门前点燃了炉子上的烧水锅。奇怪的是，前晚刚用过的锅盖竟不翼而飞。不仅如此，连家猫也不知去向。猎人别无他法，将就着做好了出发前的准备，赶在天亮前出门去了。当他走进山里的时候，发现前方的岩石上有棵大松树，树上有什么东西发出了怪异的光芒，猎人急忙装弹入膛，瞄准后开了枪，但完全没有击中的感觉。

往昔的猎人装束

连续开了好几枪都是如此，猎人很快就把昨晚做的弹丸用光了。放完最后一枪，终于听到“当啷”一声金属落地的声响。但那怪异的发光物还在树上。猎人于是取出事先准备好的备用弹丸，上膛后开枪，这次终于有击中物体的实感了。走近一看，一只猫被击穿头部倒在地上。他仔细察看，才发现这居然是一大早就失踪的家猫。而它身旁滚落的正是那只丢失的锅盖。原来，这猫计算过猎人昨晚准备的弹丸数量，全用锅盖挡住了，但它不知道猎人身上还藏了别的子弹，刚把锅盖丢掉，就被猎人击中了。这则传说似乎意在点明那枚子弹是黄金做的，所以力量足以杀死妖怪，但不管怎么说，这出乎意料的弹丸至关重要。

其实这是个无关紧要的猫妖故事，但我感兴趣的点在于，我记忆里也有跟故事里一样，用烧水锅的锅盖搓弹丸的猎人。将铅灌入木制模具后切成小截，摆在树桩等做成的牢固平台上，用烧水锅的锅盖一边压，一边搓制成圆形弹药。我家附近一户邻居的当家有时就会这样制作弹丸。他们家还有从后部填装弹药的旧式火绳枪。这户人的祖上是猎人，据说主人年轻时还在后山猎过野猪。但从我记事时起，他已经很少出门打猎了，只在每年更新一次狩猎执照。听闻他平日里热心农事，最讨厌游手好闲，但不知为何，也会扛着猎枪在山里闲逛。据他说，像这样在山里走上一天，心情也会莫名的放松。

这个男人进山时穿的仍是从前的猎人装束。身穿鹿皮的裁着袴，背着木棉袋子，腰上挂着颇具古风的砍刀。当然，草鞋倒不至于还穿着，但火绳枪是片刻不离手的。

专门以打猎为生的人，服装也会随着时代变化而逐渐更新，但每年只进山一两次的人，反倒会原封不动地保留着往昔物品，继续使用。事实上，他们说是去打猎，实则不过是去散心，所以也无所谓道具新旧。正因如此，从前的物什习俗才得以保存至今，着实有趣。

我家也还保存着一把火绳枪、一柄收在粗糙刀鞘里的砍刀。如此看来，至少到我祖父那一代，家里还延续着偶尔进山打猎散心的习惯。

十三、山神与猎人

猎人击倒野猪，当场拔下其颈部的怒毛[1]献给山神，是自古以来的规矩。具体做法是，先砍一根称手的木头，剥去树皮，顶部削尖做成签状，将怒毛插于其上，再把

① 怒毛："怒り毛"，野兽发怒时倒竖的毛发。

签子摆放在合适的位置。虽然也有当场掏出野兽内脏后祭祀的情况，但对象是野猪，已经很少有人这样做了（具体请参照鹿的部分）。此时要念诵咒文，但许多猎人已经忘记了咒文的内容。不过据说一些耿直的猎人会像与人对话般念叨："感谢神明赐我野猪。"

祭祀山神通常是在狩猎前进行。在山中游荡了几日，却完全没打到任何猎物的情况下，猎人会先回家一趟，再重新出门。接着在登山口找个地方铺上两三根常绿树的小枝丫，倒酒于其上进行祭祀。据说这时要口诵"山神大人，请赐予我野猪"，但此举不局限于猎野猪。"请赐予我[①]"是狩词，意为"让我碰上猎物"。也有人在遇见猎物时进行祭祀。这种情况一般是遇上了巨型老野猪，猎人担心最后无法顺利捕获。祭祀方法与前面说的大致相同，倒完酒，一行人把剩下的酒分着喝了，便开始围猎。

大部分传说都认为，山神是位女性，且爱惜山中的一草一木；也有传说认为，山神是个独眼独腿的彪形大汉。有人称自己曾在凤来寺的山中遇到山神，但事情发生在很久以前，那人也没留下详细的叙述。另一方面，有位常年居住在山中、以打猎为生的丸山某，足迹遍布

---

① 原文为"シナシて下され"。

整座山林，也多次在人迹罕至的山里独自待到天明，但他一次也没遇到过山神，并断言从前的人在说谎。不过他也表示，确实遇到过猎物被偷走的情况。具体是什么动物偷走的尚不清楚，但他确实曾远远地击毙了猎物，跨过山谷走近一看，那家伙却消失无踪。

其中，也有事后发现是狼所为的情况。猎人找了很久，最终在不可能的地方找到了腐烂至半的猎物残骸。毕竟无法断定是猎人自己看错了位置，山中确实存在令人费解的现象。到最后，这些经历也逐渐演化成山神藏起猎物的故事。

同一座山的西麓，玖老势村的一位猎人有过这样的经历。他在山中到处搜寻自己击毙的野猪，找了很久都无果，即将放弃之时，突然有人在背后喊他。回头一看，一个全身长毛的大汉站在那里。猎人无处可逃，吓得呆立原地一动不动，直到大汉走过来，开始对他说话。仔细一听，原来是在问他打哪儿来。猎人试着与他交流，才发现这大汉竟是同村豆腐店老板家的儿子，自三十年前离家出走，其后音讯全无。问他住在山里靠什么维生，大汉说一开始是捡树木的果实，剥树的嫩皮充饥，如今已经能猎捕动物来吃了。不知不觉间，他身上也长满了毛发。二人告别之际，大汉叮嘱猎人千万不要把遇到自己的事告诉别人。猎人信守承诺，直到临终才将此事一五一十地告诉身边的人。他那丢失的野猪究竟去了哪儿呢，或许与山里那个男人有关，但相关内容并未流传下来。

告诉我这个故事的，是一位七十多岁的老太太。她似乎是在小时候从母亲那儿听来的，因为觉得可怕，之后也未曾讲给别的人听。

十四、买猪人与猎人

击毙野猪后，猎人有时会当场掏出其内脏，但更多时候，会将其抬到池塘或小溪旁。我至今依然记得这样的场景：日暮时分，不远处传来吵吵嚷嚷的说话声，随即，一群浑身是泥的猎人从屋后的洼地里走出来，其中还有人半个身子沾满泥浆，一瘸一拐地走着。人群中，有两个猎人抬着一头倒挂的野猪，野猪四肢被结实地绑在棒子上。猎犬精神抖擞地走在一旁，其中一只红毛犬不知是否被野猪的獠牙刮伤，侧腹部破了条口子，露出一截肠子。人们大喊着“野猪过来了”，争先恐后地跑到屋外来看。

掏出内脏后的野猪一般会被泡在河水里，直到有人前来购买。泡野猪的地方被称为“浸猪池”。村里有户姓“薮下”的人家，祖祖辈辈都是猎人，虽然住在一个光照很少的洼地，但常有猎人聚集在那里。他们家门口有几棵粗大的柿子树，屋前有小溪流经，那里就成了他们的浸猪池。在我年幼之时，那地方已经名存实亡。浸猪池是在小河中段筑两面石坝围成的小水潭，碧蓝清澈的水底还游弋着几尾红鳍的鲍鱼。据说在从前，几乎每天太阳下山之后，都有猎人点着火把在那儿聊天。接下来的事发生在五十年前。一个傍晚，许多猎人聚在那里清理野猪，掏取内脏，这时候，对岸的猎犬们突然频繁抽着鼻子躁动起来。其中一位猎人见状，将手里的内脏扯下一片丢过去，大吼一声：“看这儿!”转瞬间，一只不知何时从哪里飞来的鹰，从旁边的柿子树上飞掠而下，迅速叼走了那片内脏。在场所有人都惊呆了。在如今这个兽类消失的环境里，我们再也无法想象类似的光景了。

那时候，一到冬天，无论什么时候过去，都能看到两三头野猪泡在浸猪池里。一天，村里一位猎人打了头罕见的大野猪，掏掉内脏后还有三十五贯重，清理完毕后将其泡在池子里。一个来自新城町的买猪人一面说着“这可真是了不起啊”，一面蹲在岸边用指头戳那头野猪。就在这时，他抓住野猪的后肢，单手就把野猪轻轻松松地从水里拖了起来。见状，在场的猎人们都心惊胆战。那男人名叫金槌，从前当过相扑力士，在江户的正式相扑比赛中取得过第三段的段位等级，是个有名的大力士。

当时，猎人们捕获的野猪都是整头卖出，不会留着自己吃，也不会切开零售。不过，捕获了猎物的夜晚，会举行祭祀山神的仪式，此谓“日待”。须将野猪内脏掏出后煮熟吃掉。吃肉的时候，则要使用从信州诹访神社求来的筷子。据说诹访神社的筷子能避免沾染不洁之物。前文中提到的浸猪池旁的屋子，就是猎人的先人及伙伴们时常举行“日待”的地方。因为各种原因，那户人家时常有客人出入，无论何时前往，都有一两个人在那里歇脚玩耍。

掏野猪内脏的时候，最紧要的是猪胆。当时的人相信野猪胆能治愈一切疾病。村里的大财主必定会购买野猪胆存储起来，以备不时之需。猎人们自己也会留存。野猪胆要用绳子绑起来阴干，必要的时候切碎使用。但更多的时候，胆还是会和肉一起被人买走。此外，一个野猪胆有时会卖得比整头野猪的肉都贵。据说及至明治时期，还有野猪胆卖七十五钱，猪肉只卖二十五钱的例子。

我曾听一位猎人说，若是有罕见的大野猪的猪胆，只要拿到某个财主家里，就能轻而易举地换到三五袋大米。如今看来，这类故事简直难以置信。

十五、野猪胆

这是一则发生在最近的关于野猪胆的故事。水力发电所刚建成使用那年，曾有几头野猪掉进水渠里。早上，守门人在水闸口发现了挂在那里的野猪，便将其作为意外之财私吞，猪肉或是留着自己吃，或是送了人。其中，有个男人出身于农村。

当然，他也把肉分给了大家，但瞒着大家偷偷取走了猪胆，将其占为己有，吊在公司分配的住宅房檐下。一旦家里孩子喊肚子痛，他就切一小块野猪胆让孩子吃掉。不知是否因为这事，在其他人纷纷拉肚子的时候，他们一家都相安无事。一天，所里一位同事到他家做客，大家都躺在主屋聊天。因为身体向上仰着，即便没有刻意打量，也能看到房檐下挂着的黑色风干物。同事问，这东西原来是个什么？家里人不得已，只好说出了实情。听完来龙去脉，同事似乎非常懊恼。

虽然野猪胆被称为万病之灵药，但也有人说，它实际只能治肚子痛。如今想想，直到明治三十六七年，一般人对野猪胆效果的信仰也超出了对附近医生的信赖。每当有疾病患者出现，他们首先要问病人是否吃过野猪胆，如果吃过还没治好，便断定那人得了重病或运气不好，干脆放弃治疗。

接下来也是与野猪胆效用有关的传闻。从前有个吃蘑菇中毒的男人，倒在座位上痛苦不堪，到最后终于挣扎得不那么厉害了，旁人都以为他有所好转，却见他咬紧牙关，失去了意识。之后有人送来了野猪胆，周围人立刻找来起钉器撬开男人的牙齿，把泡在水里的黑色块状物灌进他嘴里，据说男人很快便恢复了正常。又比如，有位痛苦煎熬了两天两夜的病人突然发起高烧，天明前的状况十分凶险，这家人立刻派飞脚[①]连夜出门寻求亲戚的帮助。然而飞脚刚出门，就有人带着野猪胆上门来了。这家人火速让病人服下野猪胆。飞脚刚刚抵达村外山间的垭口时，病人拉肚子拉得昏天黑地，之后就跟没事儿人一样了。既然病好了，方才派出的飞脚也派不上用场了，这家人又慌忙派另一位飞脚去追他回来。就这样，在长夜将尽、曙光初露之际，两位飞脚一同说说笑笑地回来了。

虽然本地多山，但野猪胆也不是想象中那么容易获

① 飞脚：传递紧急文件、金银货物等的搬运工，类似如今的快递员。

得。对从前的村落生活而言，运送野猪胆也相当费工夫。野猪胆自有其作为灵药的尊贵之处。因此，平日里能在家中常备此物的，只有被称为财主的有钱人。我认识的一位女性，曾在深夜里敲开猎人家的门，要来很小一块用纸包着的野猪胆。她将其紧紧握在手中，飞奔了二十町山路才到家。但她表示，没有比野猪胆在手更让人心安的事了。当时正值五月插秧的繁忙时节，第二天就该整田了，但在当晚，她丈夫忽然腹痛难忍，女人一面用心照料他，一面担忧着田里的农活儿，在脑子里计划后续工作。万一丈夫到第二天还难受，自己也得陪着他，田里的活儿没人干，之后的步骤全都会被打乱，到时就只能麻烦附近的邻居了。她不愿如此，于是果断决定，要想办法让丈夫在天亮前好起来。除了借助野猪胆的效用，再没别的法子了。这样想着，她便趁丈夫情况稳定下来的时候，跑去邻村的猎人家求助。

就这样，女人带着野猪胆回到家，坐在病人枕边，捧着装有黑色块状物的小碟子，将那东西喂给他。她说，当时的心情，真是庆幸得无以言表。

不过，后来，为了支付野猪胆的酬劳，女人经历了外人无法想象的辛苦。虽然价格不过七十五钱，但为了还上这些钱，她只能赶在天亮前村人们还在睡觉时出门，背着一捆只能卖二钱几厘的柴禾，到一里地外的邻村去卖。就这样，她几乎用了一整个夏天才攒够这笔钱。说完这些，女人不无遗憾地加了句：“我家男人难道不知道我为他费了多少苦心吗?”以上，便是围绕野猪胆的悲伤故事之一。

十六、被负伤的野猪追赶

不管怎么说，在与野猪有关的话题里，最精彩也最爽快的莫过于猎猪的轶事。有个名叫平泽利右卫门的男子，从旧幕府时代起便是凤来寺的三祢宜[①]之一，出身于山麓的门谷的世家，虽然已去世六十多年了，但他过去爱好打猎且身为猎猪名人的传闻至今仍在流传。据说这人不仅体格健壮，人品优秀，年轻时还让人想起《本朝二十四孝》[②]中的胜赖[③]，那威风凛凛的武士模样不

---

① 祢宜：日本神社的神职总称。也指位于神主之下、祝之上的一种神官职位。

② 《本朝二十四孝》：日本人形净琉璃剧作名。主要描写武田信玄与上杉谦信的对立及斋藤道三的阴谋，同时还讲述了武田胜赖与谦信之女八重垣姬的恋情，以及山本勘助的两个遗孤的故事。

③ 胜赖：即武田胜赖（1546 — 1582）。安土桃山时期的武将，武田信玄之子。信玄死后继承家业，一度率领武田家扩充领地，但在长篠之战失败后连战连败，最终于天目山自刎。其后，武田氏灭亡。

难想象。此外，他还胆量超绝，作为猎人简直无可挑剔。他打猎时总习惯带着一个男仆，无论遇到什么样的凶猛野猪都要开枪击毙，绝不让其逃脱。然而，这个男仆也与故事里常见的设定一样，是个胆小如鼠的怯懦之辈。每当主人要他陪着打猎，男仆便会小声嘟囔："今天又要去啊。"

即便是这位胆量超绝的利右卫门，一生中也有过一次被受伤野猪追赶的狼狈经历。据说他还是从田野旁的柴山连滚带爬逃下来的，简直堪称一生中最大的失败了。这件事发生在门谷的高德山。利右卫门没能射死野猪，但把它打伤了，野猪便发狠追了过来。男仆见状立刻逃之夭夭，所以平安无事，他的主人则从柴山上飞快地逃往田边小路。受伤的野猪一直紧追其后，近得仿佛就要咬到利右卫门的背，恰好此时，眼前出现了一棵树根处供奉着马头观音的巨大榛树，他绕到树根后，才躲过了野猪的獠牙。就这样，利右卫门一直跑，野猪一直追，一人一猪在大树周围像陀螺般旋转，听说转到第七圈，利右卫门才终于摆脱野猪，想来追逐过程相当激烈。其间，不知何时，利右卫门拉动了枪上的火绳，漂亮地从后面给了野猪致命一击，巨大的野猪终于倒下了。从野猪身后开枪，乍听有点奇怪，实则在激烈的转圈追逐中，与其说是野猪在追人，局面倒变成了人在追野猪。这件事传得人尽皆知，听的人比起爽快，毋宁说颇觉遗憾。早早逃走的男仆似乎还在远处旁观了事件全过程。

利右卫门虽然家世好，还是受人尊敬的祢宜大人，但他生性好杀生，每到夏夜，都要带着男仆到河边撒网捕鱼。因为他住的村子里没有适合捕鱼的河流，两人便走一里半的山路，到邻村的寒峡川去。

关于撒网捕鱼，也有一则能反映他胆大的逸闻。一天晚上，利右卫门到了横山的寄木滩，不觉间踩到岩石间一具溺死者的尸体。发现之后，他并未露出惊慌之色，一边嘀咕着“什么呀，原来是个溺死的人”，一边又踩了尸体一脚，按原路下到河边，跟往常一样撒网去了。

据尚在人间的老者们说，随着年龄的增长，利右卫门的能力渐渐衰退，到后来只剩下对狩猎的自信。别人好不容易打到的猎物，只要被他发现，就非赖着说是自己捕到的，让人束手无策。他一听到枪声就会跑出来，说“这是我刚才打到的，辛苦你们帮我搬过来了”。他究竟是装傻还是真的那么认为，无人知晓，总之就是蛮横无理，叫人难以招架。被他缠上的猎人也有气得快哭出来的。据说彼时，他已经成了个头发胡须花白的老人。明明曾是那样一个无人可及的豪勇之士，到头来却时常被人当作笑料。猎人之中，也有这般不争气的例子。

下面这个故事也是从凤来寺村的玖老势那里听来

的。有个做过代官①、姓远山的男人，在大达山里遭到野猪的袭击，屁股被啃得稀烂，差点儿死掉，据说后来也没活太久。野猪啃食人肉这种事叫人难以相信，猜测大概是被咬，或是被獠牙刺伤的讹传。这件事发生在明治初年，想来是因为这个男人平素不受村民们待见，他的遭遇也因此被传成了笑料，真是可怜啊。

十七、世世代代的猎猪人

伊那大道与凤来寺道的追分②，有个世代经营的旅店名为“泽泻屋”。虽然不知老板人品如何，但在猎猪方面，其勇猛比前面的平泽祢宜有过之而无不及。虽没留下绕大榛树七圈这类精彩绝伦的逸话，但他猎猪的名声在周边村落可谓无人不晓。这人臂力强劲，是个性格固执的莽汉，枪法算不上很准，但非常喜欢狩猎场上的感觉。据说他无论干什么，都一定要胜过别人才肯罢休。有时他到地里帮忙干农活儿，因为力气太多使不完，还常把农具等摔坏。

---

① 代官：江户时代从事各藩直辖地行政管理的官员。
② 追分：指两条大道的分岔处，也作地名，在日本全国各地皆有分布。

听说他父亲的鲁莽程度比起他更胜一筹——如果冬夜里听到屋外有狼吠，无论夜有多深，也会“霍地”从床上起身，拿过马厩入口处的横木，沿着漆黑的夜路追过去。这位老板继承了父亲的性格，对任何事物都毫不畏惧，据说还曾把受伤的野猪撞入谷底令其毙命。因为留下了此类传闻，自然也不难想象，当时的知情者都是怎样评价他的。

在村里的宫渊桥进行修缮期间，一段长达二丈数尺的桥梁几乎掉落悬崖，很多村民聚在一旁七嘴八舌地说“好危险，好危险”，老板瞟了他们一眼，只拿了一把鹰嘴钩用于固定，说“我一个人撑着，你们全部绕到下面去搭脚手架”，就这样一直撑到了最后。当时的情形，叫人既没法说他蠢，也没法说他不要命。此外，据说附近的猎人们每每遇到难对付的野猪，除了要买酒祭祀山神，还要到这个男人的住处去拜托他搭把手。这样看来，他的勇猛也并非浪得虚名。男人死于距今不久的明治初年，去世时才三十多岁，正值盛年。他大概算是大山孕育的最后一人，性格也很怪异，不知是否因为这个，后来的家庭生活也相当悲惨。因为一时冲动，他打发走了为自己生下孩子的老婆，带回一个不知从哪个城里的青楼赎来的相好女子。那女子似乎也是个不同寻常的恶人。每天哄着他除了喝酒就是睡觉，不仅打骂孩子，也没有任何持家的能力。到最后，她居然趁丈夫重病时卖光家里的东西，将他抛弃在空无一物的房子里，自己消失得无影无踪。那一刻，哪怕男人再顽固骄傲，也不禁流下遗恨的泪水，悔不当初。

两个儿子或许继承了父亲的特质，臂力也十分强劲。但想来是小时候的成长环境太过艰苦，二人的体格都不像父亲，身材如孩童般矮小。哥哥后来继承了祖辈的产业，在从前的房产旧址继续经营仅剩招牌的旅店；弟弟据说刚懂事的时候就被送去村里的寺庙当和尚了。其间，不知他从哪里打听到了生母的住处，年仅十三岁，便穿着沙弥的衣服跑出寺庙，边走边打听，从三河前往甲斐的鳅泽去寻找自己的母亲。实在令人悲伤。

一想到这是一个以猎猪闻名的家族的结局，我就感到惋惜又悲哀。而今，他们的遭遇早已成为过去，继承了家业的哥哥也已成了满头白发的老翁。据我所知，他们家还有一把从前猎人用的砍刀，虽然粗糙，却仍在代代传承。

十八、不可思议的猎人

在山中打猎的人里，也有一些能人异士，拥有平原地区的居民们难以想象的奇异感受力与特殊技能。最近我就听过这样一个男人的故事。事情的起因，是村里一群长时间没打到猎物的猎人实在熬不下去了，不知从哪儿打听到这么一个人，去请他帮忙，这才发现了此人的才能。男人四十多岁，身体结实，性格并无怪异之处。但奇妙的是，他一进山里，就像猎犬一样，能立即判断出附近有没有野猪。

有人说他是用鼻子闻的，也有人说没这么简单。对此，有位猎人形容，那人在蕨类植物间追寻野猪的踪迹时，能清楚感知到前一刻是否有野猪经过。说来这算一种直觉，但他几乎从未出过错。或许正因为这种感官上的异能，让他对野猪所在地的判断准确得惊人。

此外，这个男人在山中跋涉时的自由自在、不知疲倦，也令随行的猎人们惊叹不已。他的心态，走路时上身略微前倾、头往前伸、小步前行的模样，看上去也与众不同。无论遇到荆棘还是灌木丛，他都能迅速安全地通过，旁人完全模仿不来。据说他有个外号叫千代犬，想来应该是姓千代，出身于北设乐郡的川手。从野兽的习性到打猎的方法等，他都一清二楚。托他的福，请他帮忙的猎人们都得到了意外的收获。

男人出身的家庭在村里似乎也有头有脸。他受过些教育，甚至有人说他能当村长。但他生来喜好打猎、捕鱼，在家里片刻也坐不住，总爱到处闲逛，讨厌世上一切寻常的工作，即便住在旅店，也是把自己关在屋子里闭门不出，从早到晚饮酒。一旦没钱交房租了，他就带着钓鱼的工具出门，晚上回来时，总能带回数量惊人的鳗鱼。用它们付清房租，又开始享乐的生活。缺乏水产的山中旅店将他捕到的鳗鱼视为珍宝。然而男人向来待不长，这让旅店老板们十分困扰。不仅鳗鱼，他捕鲤鱼的速度也快得惊人，简直像直接从哪儿提来的。一旦有人问起个中诀窍，他便立刻陷入沉默，什么也不愿透露。人们只知他会带着鱼饵出门钓鱼，除此以外一切成谜。这些传闻里虽然也有令人生疑的部分，但说不定山里仍有这样的人存在。

下面这个人的经历与野猪无关。他自称相模屋某，从前是为狂言[1]编舞的，性格怪异，时常在各个村落间游走。自从村里不再有地狂言[2]之后，这人便转而说起了净琉璃[3]。当然，仅靠这项活计是无法谋生的，因此，他冬天捕鸟，夏天捞鳗鱼，以此换取生活物资。据闻他非常擅长捕鳗鱼，只要有人预订想要的数目，到了晚上，

① 狂言：日本传统艺能之一，从猿乐发展而来。大致分为独立表演的本狂言和穿插在能乐中表演的间狂言。
② 地狂言：以台词为主的歌舞伎狂言。与所作事（歌舞伎的舞蹈、舞剧）相对。
③ 净琉璃：日本传统艺能之一，一种配乐说唱故事的表演形式。

他必然能按量交货。

十九、巨型野猪的故事

只要是猎人中小有名气的，至少都有过一回猎到巨型野猪的经历。野猪的重量也都像事先商量好了似的，无一不在四十贯上下。据说野猪体重的上限就是四十贯左右。这个程度的野猪虽难得一见，但确实还有不少。下面的故事是从一位猎人那儿听来的。有一次，他和同伴在出泽村入口处的阴山发现了野猪的踪迹，从脚印大小判断，应该是前所未有的巨型野猪。如果野猪的脚印有这么大，体型几乎能跟牛媲美了。两人一边猜测一边争论，眼下到底该祈求山神保佑，还是回去请其他人来帮忙。到最后，他们试着开枪，发现击中的野猪虽然巨大，体重也不过四十贯上下，唯有蹄子大得出奇。原来野猪里还有这样奇怪的品种。既然已经捉到了，也就没什么好说的了；万一不小心让它逃跑了，这头野猪在猎人口中便会成为七八十贯的巨型野猪了吧。正因为捉到了，猎人们才不会以夸张野猪体型的方式来补偿心中遗憾。

凤来寺村的行者越有个叫丸山丰作的猎人，狩猎生涯长达五十多年，独自捕获的野猪数量超过七百头，是个非常刚健的人。但他说自己只捕到过一头体重超过四十贯的野猪，重达六十多贯。如若属实，在周边一带也是闻所未闻了。

事情发生在四十年前，具体细节他也记不大清了，唯一肯定的是，那头野猪实属罕见，射中它的前一日，他曾偶然在山包上望见过，那光景至今依然留存在他脑海中。以下是他的讲述。

"那时候正是秋末，为了猎捕正值交配季节的野猪，我进入了驹立（北设乐郡）的深山中。站在山顶，远远看见前方山谷里，一望无际的枯草覆满山麓。枯草之中，有一大群野猪正以一头巨型野猪为首领，齐齐向山谷方向移动。数量大约有四五十头。奇妙的是领头的野猪大得出奇，与之相比，其他野猪都小得像它的孩子。我当了这么久的猎人，在那之前、在那之后，都没见过如此壮观的景象。第二天，我很轻松地猎到一头野猪，似乎就是前一日那领头的。真的太大了。我将它背到黑川村，卖给了美浓岩村的一个买猪人，掏出内脏后还有五十五贯重。"顺便说一句，这个男人的臂力异于常人，能肩负百贯重担翻山越岭。

掏出内脏后还有五十五贯，说明这头野猪确实很大，但这个男人表示，他听说北设乐郡的古户山里有时能猎到七十五贯甚至九十贯重的野猪。但他并非亲眼所见，也无法保证一定属实。

虽然不知道这种巨型野猪是否真的存在，但同样是在北设乐郡，当地的伐木人曾在段户山、彦坊山的杉树林里，见过大群野猪聚集在丈余高的茅草叶下。因为那里的森林归皇室所有，传说林子里还放养着一些野猪。也就是说，在山与山的深处，还遗留着这样一个野猪的天堂。

除了巨型野猪，还有一种被称为虱猪的，据说全身长满了虱子。这是否属于另一个品种，我也不知道，但有人说这种野猪即使捉到也因为肉臭而无法食用。它真的存在吗？我同样未有机会验证。但野猪身上会长虱子一事确实是真的，尤其是病猪，身上虱子特别多。

鹿

一、逃入深潭的鹿

击中过鹿的猎人们都说，无论鹿逃跑时多么勇猛，只要算好箭距，大喝一声，鹿便会放缓脚步，朝声音的方向回头看；而这一刻，就是开枪的好时机。大喝声应尽量短促有力，越是掷地有声，效果就越好。鹿有这样的习性，虽然值得同情也惹人怜爱，但暴露在猎人的枪口之下，就只剩可悲可叹了。据说羚羊①也有这种习性，听到声音必然会回头。

鹿还有一种对猎人十分有利的独特习惯，就是一旦受伤，必定要跑出山林，出现在村庄附近的明亮地带。深山老林的状况尚不清楚，但我听过的传闻里皆是如此。据说大约三十年前的旧历正月二日，发生过这样一件事。伊那大道上的追分②，有户人家早上起床后拉开格棱悬窗，看到不远处有什么东西慌慌张张地跑过大街。女主人吓了一跳，再一看，那东西已经跑出五六间远了。那是一头鹿，似乎还拖着一条受伤的后腿。

猎人和猎犬在后面穷追不舍。因为前一晚下过霰，地面铺了层薄薄的冰粒，鹿的血滴在上面，遍地都是鲜红色。听说那头鹿一直跑到二十米开外的村头，跳进盲渊里死了。站在街上眺望，深渊就在脚下泛着澄澈的蓝光。传说它的主人是一头巨牛，晴朗的日子里，若阳光适宜，有时还能瞥见它的背部。盲渊与海仓渊、濑户渊齐名，在周边一带被视为传说中能通往龙宫的神潭，自古以来便有许多鹿被逼至此处，走上末路。

那头鹿很快就被抬着原路返回。据说它是早上天还没亮的时候，在凤来寺大道往上五六町的分垂野猪岭被击中了腿部，一口气沿着大道跑下来的。据当时在场的一位猎人说，是头三岁的雄鹿。

在我孩童时期，从村口山里被追着跑出来的鹿，往往也是横穿田地，冲出街道，跑下直抵埠头的坡道，最后跳进深潭中。那座深潭名为“宫渊”，对岸即是大海村茂密的镇守之森。水潭两岸皆是山岩，河宽约五十间，极为壮观。大约二十七八年前，从这里到河下游的丰桥之间约七间的距离还有船只通行。受伤的鹿跳入水潭的故事不止这一个。据说在出泽村，鹿被追着从藤生峰的顶部

---

① 羚羊：此处应是指日本鬣羚。
② 此处的“追分”为地名。

往下跑时，会沿着山岩奔跑，跳进山下的“鹅颈之渊”。

此外，有位猎人曾在八名郡船着村小川的出血峰[1]射中一头鹿，以为它会朝山峰背后的隐蔽处逃跑，它却拖着伤腿从陡峭的山腰跌跌撞撞跑下山，一口气跳进了“黄杨川之渊”。

负伤的鹿并非只会跳入河边的深潭，也会跳进山间的蓄水池。出于这个原因，我家附近那个水洼似的小池子里也曾有鹿跳入后被捕获。

大海村的群山连绵处有个“二之池”，是两个相同的池子并排在山洼里，从远处也能望见其中湛蓝的池水。听说这池里也曾有被追击的鹿跳入后死去。

鹿一旦受伤，必定会朝着池塘或河流奔跑。从密林奔向村庄附近稀疏的树丛后，若只是穿过田地或街道还好，若是朝着那片湛蓝清澈的池水或深潭而去，就着实不能算偶然了。一定是有什么东西迫使它们做出这般举动。

二、寻访鹿的踪迹

与野猪不同的是，周边一带的群山里，再也找不

① 原文为シュッケツの峰，音同“出血峰”。

见鹿的踪迹了。几年前，凤来寺山中据说还有一头鹿，后来不知被谁捕了去，如今，猎人们都说已经一头不剩了。

鹿的数量变得如此稀少，很难想象在三四十年前，它们还大量存在。那时候常有鹿被猎人追赶着跑进村人家中或穿过田地。我小时候的某一天，和祖母坐在杂物间外的草席上晒太阳，忽然，一头被猎人追捕的鹿从前面的旱地冲上坡道，跑进我家屋子，踢乱了我们坐的草席边儿，接着又逃进后门外的山里。它顶着沉沉的鹿角，肌肤上闪光的汗液清晰可见。后来祖母说，她当时吓得都没顾上抱我。

从我家的檐廊向南眺望，远远能看见船着村的群山，雨后的山腰会出现紫色的烟雾，雾里有白色的瀑布坠落。那就是船着村的百俵洼。过去有个说法：一洼水能种出百俵[①]大米。百俵洼前是一小块盆地，其间分布着大海、有海等几个部落，天气好的时候，能在这些居民屋顶的瓦片上看到缥缈的阳炎[②]。

自通往大海村的铁路及长篠站建成以来，已过了三

① 俵：用稻草或茅草等编制的袋子，用来装谷物或炭等。也作量词，即一草袋。

② 阳炎：因大气或地面受热不均而产生的阳光折射现象，表现为肉眼可见的晃动气流。火堆附近、汽车引擎周围等也可观察到类似现象。

十年。而在铁路修建前几年，距离车站所在地数町之外的坟场外树林里，还有人发现过鹿的踪迹。连猎人都没料到这里还有鹿，因为过于吃惊而让其逃跑了。

大海村的南邻，有海村的篠原，至今还留有大片的桑园，据说留名于《长篠战记》的勇武之士鸟居胜商①便是死于此、葬于此。从前，这里与西邻的川路之原同为狩鹿的绝佳场所。无论多么困难的狩猎期，在这里也能捕获一两种猎物。虽然四周都是光秃秃的低矮山地，让人怀疑怎么可能有鹿存在，但确有此事。不止如此，据说附近的大洼谷还口口相传着日本狼产子的故事。一位九十多岁的老太太说，每到此时，她就会煮上红豆饭，跟着附近的女人们去看狼崽。她虽然高龄，身体却依然健壮。想来想去，村子所在的山林本身应该也发生了难以想象的显著变化。

从有海村往东，河的对岸就是前面所说的船着山，山腰沿线分布着几个部落，分别是大平、栗衣、市川、日吉、吉川、久间、乘本，统称为“七村”。每个都是

① 鸟居胜商：即鸟居强右卫门。在战国时代的长篠合战中，作为长篠城的密使突破武田军的防线，前往冈崎城向织田信长、德川家康率领的联合军求援，得到允诺后返城，却被武田军抓获，不顾武田胜赖的胁迫，在城门口大声喊出援军不日将至的好消息。此举惹怒了胜赖，鸟居被当场处死。但因为他的通报，长篠城内士气高涨，在援军到达前守住了城门。

很小的部落，房屋在山腰处坐南朝北而建。这些部落因为太过偏僻，总是被山下的居民恶语中伤；但也拜其偏僻所赐，还能时常见到鹿群出没。

其中最为偏僻的，要数大平、栗衣。据说这里的村民看到猎人扛枪经过时，会殷勤地打招呼，请求道：“猎人师傅，拜托你帮我们收拾那些该死的鹿吧。”当然，这些传闻未必没有中伤的性质，但猎人受到村民嘱托也是事实。若有猎人扛着鹿上门求助，无论哪户人家都会拿出一升酒给他，这是村里不成文的规定。这些部落都是生活在山谷里的农户，周边少有旱地，难得种出的稻谷总被鹿群啃得乱七八糟，也难怪他们觉得鹿都是坏家伙。

三、引鹿之群

前面讲野猪时曾提到过伊那大道的追分，直到二十年前，当地人坐在家中还能听到鹿鸣。而当时周边的山里已经听不到了，因此尤为难得。追分虽位于大道上，四周却被山环绕，住户也只有五六家，是个人烟稀少的地方。前有寒峡川流经，河流对岸耸立着危崖，很有压迫感。每年一入秋，山峰上的鹿群便会在日暮时分肆意鸣叫。尖锐的叫声穿透黑暗，回响在山间，会让留宿此地的外来客吓一跳。要说这鹿鸣声有多凄厉尖锐，据说从前段户山中有个伐木工人住在守山小屋里，听到鹿鸣声，以为是狼嚎，一整晚都战战兢兢没敢睡着。其实鹿只会在发情期里发出难得一闻的低吼声，如果伐木工人听到的是这种声音，被吓坏也在情理之中。不过即便鹿只是发出普通的鸣叫，若隔着一段距离听来，也相当怪异，我曾听村人模仿过。

如今，追分对面的山上栽满了杉树、桧树，杂木林也肆意生长，但在以前，这里的山中草木都被村里人割去做了肥料，除了山顶有些形状各异的松树，几乎没有别的植被。冬夜里，狼群会在此处狂吠。

梅雨过后，山中绿意更浓，这段时间的清早，总会有几组引鹿穿梭于山中。所谓引鹿，就是趁着夜色到村子附近寻找饵食，天一亮便撤退回深山的鹿。

此间正值鹿群换毛，美丽的红色鲜亮如火。若是走在满含朝露的青草之间，则更加夺人眼球。当五六头、十五六头鹿列队而行，在山中奔跑着撤退时，那美轮美奂的场景，简直无法用言语形容。其中也有成年鹿带着小鹿同行的，小鹿前进的样子就像小马在奔跑，十分可爱。

鹿 笛①

一位老人告诉我，他曾经计算过鹿群出现时的数量，仅仅是亲眼看到的，就有四十多头。因为每天早上都有鹿群出没，他便站在家门口观察，直到它们全部撤退。鹿群中也有几只动作悠闲，直到朝阳染红山峰，才消失在视野中。老人说，回想起来，那画面依然历历在目。

然而在隆冬时节，寒风呼啸的日子里，也有鹿被三条猎犬追逐着，狼狈逃下山，跳进河中。此时，猎犬和鹿的毛色都是黑色，一前一后地跑着，会让跟在后面的猎人分不清谁是谁，犹犹豫豫无法开枪。太阳还没下山

① 鹿笛：猎人为吸引鹿而使用的一种道具，能发出类似鹿鸣的声音。

的时候，被狼追逐的鹿一溜烟地逃上山崖的情景，则成了麦田里劳作的农人们短暂的娱乐。

五十多年前，有个姓中根的人借宿在大道上一个赶牛人的家中。一天，他从前面的寒峡川河滩上捡回一些狼没吃完、埋在沙里的鹿肉。因为是天上掉下的馅饼，他不仅把肉分给近邻，自己也煮来吃了些才睡下。然而到了半夜，鹿肉的主人——狼跑到门口来疯狂嚎叫。奇怪的是，男人受到惊吓，开始在家中不断念叨道歉之类的话，声音之大，隔着几户人家都能听见。中根某第二天早早起床，带着一斗盐前往捡到鹿肉的河滩，自言自语着昨晚的可怕遭遇，把盐留在了那儿。当地人一般认为，捡了狼的猎物，须以盐为代价赔偿。

四、鹿角的故事

我家有一块用鹿角根儿上切下来的材料做成的印笼[①]坠子，上面雕着细竹和鲷鱼。在大家都忘记它存在的某天，不知从哪儿掉了出来。据说这是祖父年轻时手工雕

① 印笼：装印章或印泥的容器，也用于装药，江户时代已成为一种装饰。

刻的物件。有阵子他干完活回到家就不见踪影，家里人四处寻找，最后发现他把自己关在一间屋子里埋头苦干，不知在搞些什么。连续两三天，他连饭也顾不上吃，可谓煞费苦心，最后雕出了这样一个小坠子。除此之外，我家还有一个三叉角。不知从何时起，就挂在后门的屋檐下。上面有时挂着笊篱之类的东西，自从挂绳断掉，被收进抽屉角落，不知何时就不见了。这个鹿角到底是从哪儿来的，家里人也说不清楚，有人说是从山里捡回来的。除此之外，我家再也没有其他与鹿角有关的记忆了。但印象里，当时周围的邻居们家家户户的灶房屋檐下都挂了五六个这样的鹿角，上面挂着蓑笠等物品。

从前，每户人家都会在房檐下吊一只鹿角，用来挂蓑衣。此外，也有人将它吊在马厩旁的暗处，用来挂新做的草鞋。也有人将其吊在被煤炭熏黑的柱子旁，把装种子的袋子系在鹿角的枝丫上。还有人在两个形状相同的鹿角上横放一根杆子，在上面晾晒手巾、足袋等。

至于这种鹿角是何时开始使用的，大家都不记得了。或许是因为从前家里有人做过猎人，又或许是通过某种关系求购而来，也可能是进山干活儿的时候，从山里捡回来的。

某户人家的女主人说，她曾在正月里进山砍柴时捡到一只鹿角。刚发现鹿角挂在树枝上的时候，她吓了一跳。也不知为何，捡到鹿角这天，她浑身无力，完全提不起劲儿来。从这话里可以推测，即便是在鹿大量存在的年代，捡到鹿角也不是寻常事。此外，又有一个男人说，他曾在夏天进山采摘五倍子果实时捡到一只鹿角。当时他刚爬上山顶，点了烟正要稍事休息，突然发现脚边有一只三叉的鹿角，形状完好，不知是谁落在那儿的。

还有一个男人秋天进山去采香菇，在寒冷的口阴山杂木林中拨弄树叶翻找之际，发现一只半化石化的鹿角，也不知是何年何月被人遗落在此处。据说那是一头年轻鹿的双叉角。

像这样捡回家的鹿角，都会被挂在房檐下，如前文所说那般挂蓑衣等物。只要开始使用，除非挂绳腐烂断掉，鹿角会一直挂在那里。下雨的日子里，人们从外面回来，会先脱下湿透的沉重蓑衣挂在鹿角上，再抬脚跨入家门。

如今，再也没有哪户人家还留有这些鹿角了。有的卖给了专门收购鹿角的商人，有的是在春秋节气大扫除之际摘下来，被孩子们拿走玩耍，不知不觉间遗失了。若是尚未分叉的年轻鹿的角，可以在角的一端穿上绳子做针，用来完成编草鞋或编草席的收尾工作。这种鹿角在我记忆里还很清晰，似乎昨天还挂在屋内墙壁上，如今却已遍寻不到。有时，主屋里若挂有鹿角，会被当作退烧药使用，角的一端往往被削掉了很多。失去这种功效之后，它就从人们的生活中消失了。

五、鹿皮裁着袴

鹿角在人们家中迅速消失，其实也与鹿角商贩增多、商人们跑来大量收购有关。

有户人家从前靠打猎为生，因为男主人难改旧时生活方式，当别家都不再保有鹿角的时候，他们家的屋檐和屋内角落还挂着好几只。事实上用它们来挂东西确实方便。

这些鹿角近期被鹿角商人盯上了，对方几次三番跑上门来，缠着这家人说想收购，年轻的主人拒绝不掉，最后把鹿角全部拆下来打包卖给他了。据说他们找遍家中上下，一共翻出了十七八只鹿角。卖得的钱不知如何使用，慎重考虑之后，用来给祖先们修了牌位。

虽然没了鹿角，生活也不会受到太大影响，但因为蓑衣没地方挂了，只能卷起，或随便放置，导致家中杂乱无序。这类现象，也算是农家生活与以前相比的巨大变化之一。

鹿给村民们留下的，除了鹿角，还有鹿皮做的裁着袴。这种袴一般被称为皮袴，是鞣革后制成的白色袴装。从秋到冬这段时间，不时能在村里见到穿皮袴的男人。有的在麦地里耕作，有的刚从山里砍柴回来。他们的模样与身上的裁着袴一样古旧。穿着这种皮袴在地里干活时，袴一旦被雨淋湿，就会迅速褪色。但在晴天里穿着它在山里走一天，经过树枝、茅草等的刮擦，又会变白，恢复从前的光彩。也有人用栀子将其染成黄色来穿。

我在村里走访了一圈儿，家家户户像是商量好了似的，都说以前有过这种皮袴，但自从家里老人去世，就将其收进了置物柜，因为存放时间太长，被虫子咬坏，又急忙拿去丢掉了。也有人将它与旧衣服一同卖给了货郎。有的家庭中，女人们爱从皮袴上剪下一块块鹿皮来做针插[①]，剪着剪着，原本的皮袴慢慢就只剩纽扣大小了。除了个别悉心保存的家庭和老人尚在的家庭，其他人家里都已找不到这东西了。据说有位礼数周正的老人，在年初走亲戚拜年的时候，一定要穿着皮袴，但如今的年轻人都不再喜欢这种装束了。

近来也有专门缝制裁着袴的手艺人，不时出现在村

① 针插：也叫针座、插针包等。用完的针可以插在上面，相当于针的收纳用具。

子里。大都是有猎人捕获了大鹿，想给自己做一条皮袴才请他们来的。从前就有传闻，缝制裁着袴需要足足两头大鹿的皮。前面也曾提到的风来寺三祢宜之一的平泽某，据说就是个缝制裁着袴的高人。很多人从四面八方赶去找他缝制，还有人将他做的裁着袴珍重地收藏起来。

综合各种消息来看，鹿皮裁着袴在当地猎人间开始流行的时间似乎并不算长。此外，不知是否因为缝制太过麻烦，以前除了有钱人家，很少有人穿裁着袴。据说猎人们在山中突逢降雨时，比起担心能否碰到猎物，更着急身上的裁着袴，会立刻脱下卷起来收好，可见这是一种相当贵重的打猎装束。

六、鹿毛祭祀

猎人击毙鹿之后，会当场拔下鹿脖子后的襟毛，用来祭祀山神。具体方法与猎野猪时的怒毛祭祀相差无几。但当对象是鹿时，除了当场挖掉内脏，还要将其胃袋旁一个直径一寸、长约五六寸的漆黑之物摘下来，作为献给山神的供物，和襟毛一起插在签子上或挂在树枝上，这叫“竹箭祭祀”。“竹箭”在前面也讲过，是将箭竹的一端削尖后做成的签子。让人感到奇特的是，猎人们都说不清楚这种漆黑的东西究竟是什么。有人说是胰脏，倒也不无可能。很久以前，竹箭祭祀需要割下猎物的两耳，最近似乎也有人以猎物耳旁的毛发作为替代物。再往后，掏内脏的步骤也被省略了，只需毛发就能完成祭祀。

站在猎人的立场上，只要是受伤的猎物，哪怕耗费两三天的时间追踪也会乐此不疲。这或许是一种独属猎人的特质，下面这个故事就令人联想到这种特质。

村子里有个叫熊十的猎人，一天清早，在出泽村的一片洼地里发现一头鹿，并开始追捕它。鹿迅速朝山顶方向逃跑，熊十在后面紧追不舍。鹿一会儿穿过山脚下的谷下村，一会儿又回到最初的洼地，熊十紧跟其后，将它逼进了村东头的藤生峰。鹿越过山峰，于当日午后时分渡过小河，到了邻村的泷川，接着又跑进深山，在日暮时分进入了距离泷川一里半的作手村赤木立的山林中，往后又跨过一座山，进入荒原村前的洼地。在这里，熊十终于捕获了这头鹿。其间，鹿逃跑的距离有十二三里，熊十几乎无暇进食，全力追赶至此。听说他从十六岁就开始打猎，此前从未遇到过如此消耗精力的猎物。

以下还是熊十的经历。有一次，他在船着山山麓一带的七村追赶一头大鹿，那鹿从山顶跑进山谷，又从山谷跑进村子，整整一天来回逃窜，叫人眼花缭乱。在他紧追不放的过程中，每到一个地方，都有别的人朝那头鹿开枪，想来是有其他猎人也把它当作了目标。最后，鹿在大平深处被击毙。一数现场的猎人，竟然有三十六个。熊十总共开了十三枪，子弹一发不落地射进了鹿的体内，令众人大为惊愕。三十多个猎人并未事先联络，竟追着同一头鹿跑了一整天，这种蠢事简直闻所未闻。大家你看看我，我看看你，不由捧腹大笑。

除此以外，还有猎人独自碰到大量猎物，最终却一无所获的故事。下面的内容，也是名叫熊十的男人所讲。有一次，他将一头鹿逼进了出泽村的茨洼后方，意想不到的是，尽头处的树丛里突然有七头雄鹿角并角地跑了出来，男人不知该瞄准哪一头，最后眼睁睁看着它们逃走了。当时的狩猎成果暂且不论，七头雄鹿角并角奔跑的场景着实热闹，仅仅是目睹这一幕，也可谓山中乐事了。

前面也曾提到过，猎人们普遍认为，这类不同寻常的现象，都是出自山神的手笔。

七、山中的奇妙

山神藏匿猎物的事例，在前面有关野猪的章节里已经提过。与之不同的是，猎人在下到山谷里喝水，或呼唤伙伴的间隙，有时会发现上一刻才捕到的猎物突然消失无踪。那是在四下无人的深山中，除了怪异，不知该如何形容。凤来寺山中偶尔会发生这类事情。有人认为猎物是被狼叼走了，也有人认为是山男[①]所为。为了避免这种情况发生，猎人们在离开猎物时，会用枪和砍刀在上面摆一个“十”字。

传说凤来寺山中有九十九个山谷，加上山脚下的牧原皇家森林，算得上一处面积辽阔的大密林。山中有个名为“地狱谷”的地方，密林中有瀑布从高处飞泻而下，据闻是个桃源乡般的隐逸之所。虽然风景绝佳，可一旦踏入其中，就很难再找到出去的路。因此，当地除了一些猎人，很少有人涉足其中。曾经有个为钓鳗鱼偶然闯进去的人说，那里的河川秀美，过去似乎还有人垂钓。还有个很久以前的传闻，说八名郡能登濑村的生田某家在那片皇家森林里抓到两个裸体青年，收留他们在家中帮忙农务。这两人力气很大，为人也正直，从不违抗主人的命令，但因为语言不通，交流很成问题。也有人猜测他们是山男一类的异人，但我没有找到更多相关消息。

① 山男：日本民间传说里，住在深山中的野怪。

风来寺山往东，三轮山另一侧的八名郡山吉田村，有处风景名胜叫“阿寺七瀑”[①]。从七瀑的水流发源地枥洼，到奉梨山之间的山中区域，自古以来就有许多奇妙的传闻，猎人们也屡屡在此丢失猎物。当地人普遍认为，这是住在山里的女腊姬[②]所为。因为她是这座山的主人，且只有一条腿，如果有人穿着纸带草鞋[③]进山，必定有一只鞋会被抢走。但事实上，猎物被抢的事现在已鲜少耳闻。

想来，恐怕没人会穿着纸带草鞋跑到人迹罕至的深山里去，这个故事其实源自另一则传说，虽与狩猎无关，在这里也一并讲讲，顺便为前面女腊姬的故事作结。

阿寺七瀑附近，是当地所谓的抱子石产地。抱子石，就是一块石头里还有另一块小石头。传说没有孩子的妇女从该地捡一块抱子石回家，就一定能怀上孩子。因此，也有人专程带女眷前来，这种时候如果穿了纸带草鞋，不知不觉就会遗失其中一只。现实中确实有草鞋不见、不知不觉赤着一只脚行走之人的传闻。人们认为，这一切都是女腊姬的伎俩。

---

① 阿寺七瀑：“阿寺”是山名，“七瀑”指因砾岩的断层崖被分成七段的阶梯状瀑布。

② 女腊姬：原指身份地位高贵的女性，此处应是指山神、山怪一类的存在。

③ 纸带草鞋：用和纸做鞋带的草鞋。

八、鹿形砥石

一切是否都是女腊姬的伎俩，我无法下定论，但凤来寺山行者越的丸山某，曾在明治二十五年于凤来寺山脚的长篠村柿平山击中一头鹿，他与两位同伴追踪着那鹿，明明很确定鹿的右后腿受了伤，却让它拖着伤腿从山上跑进山谷，踩着纯白的积雪逃走了。就这样，虽然他们眼睁睁看着那头鹿穿过村里的墓场，但查看它沿路留下的足迹，却并未发现一滴血迹。

这类事偶尔会发生在脂肪丰富的野猪身上，但放在鹿身上却很神奇。其中一位同伴觉得事有蹊跷，害怕得不愿再追，剩下两人也只好放弃。丸山某想来想去还是无法彻底断念，第二天又出门狩猎，这回漂亮地击中了那头鹿的胴体，令其倒地而亡。他走近查看鹿前日的伤口，发现它膝盖骨虽已粉碎，但并没有流血。

同样是这个男人，在某年年末，于八名郡七乡村名号山击中了一头不足七贯的雌鹿。明明不是换毛的季节，这头鹿的身上却长满比雪还白的斑点。对此，不同人有不同的看法。或许有人会觉得这也是山中奇妙事件之一，事实上它只是一头病鹿，身上还是夏天尚未褪尽的皮毛。

这位丸山某也是个远近闻名的莽汉。

还有一件事，虽然算不上奇妙，但也值得一提。一位男子在凤来寺村的清泽谷击中了两头鹿，它们都长着漂亮的四叉角。一般来说，鹿角最多只会分为三叉。即使形状奇特，也很少出现完全分叉为四角的鹿角。

接下来这件事的类型稍有不同，但作为山中奇妙故事之一，也值得一记。据说与本宫山信仰有关。

本宫山位于凤来寺山的西南方，伫立在丰川西岸；从东海道线上的丰桥出发往西，右手边的那座高山就是。山顶有座名为“砥鹿神社”的国币小社[①]的内社。所祭之神为大己贵命，但俚俗中认为它是天狗。

有一次，住在山脚的一位猎人追着鹿进了山，虽然最后把鹿跟丢了，却发现山谷之外有一头巨大的鹿在睡觉。猎人立即搭弓射箭，但总没有射中的实感，无论试多少次都一样。他心中纳闷，走近一看，原来那只是一块看起来像鹿的巨大砥石[②]。猎人见状，当即感受到神的意旨，据说这里祭祀的正是砥鹿明神。这则传闻或许也与化作鹿的天狗的故事（参考拙作《三州横山话》）有关。

本宫山里从前也有大量鹿存在，而且生活在这里的

---

① 国币小社：在明治时期制定的神社规格中，由国库出钱供奉的神社称为“国币社”，分为大、中、小三种。此处指小社。该制度于第二次世界大战后废止。

② 砥石：即磨刀石。

鹿，体型比别的地方大很多，一般被称为“本宫鹿”。若是普通的三叉角本宫鹿，一般有十七八贯重，最重的则以二十贯左右为标准体重。这是因为本宫山土地肥沃，鹿吃得好，长得也壮。无论是角的形状，还是身姿体型，都无可挑剔。

九、猎鹿的人

东乡村出泽有个名叫铃木小助的男人，虽然五十多年前去世了，但据说是位很有名的神枪手。因为枪法好，一到冬天，他家门前的柿子树上总是挂着两三头鹿。小助曾在自家廊檐下一枪射中了两头鹿。早上，他本来在床上睡得很香，先起床的老婆突然不停大叫：“孩子他爸，快醒醒！对面那条路上有引鹿经过咯——”小助闻言立即跳起身来，取过枕畔的枪来到廊檐外。定睛一看，两头健壮的雄鹿正互相追逐着跑向山谷对面的谷下村。当两头鹿并行在一条线上时，他立即开枪，子弹从前往后击穿了两头鹿，令其双双倒地而亡。

小助人如其名，身材极其矮小，但因为有着神枪手的名号，当地至今流传着关于他的轶事。据说当野猪贩子、鹿贩子没有存货的时候，一定会来找小助帮忙，但小助总是在睡觉。见有人来了，他才颇不情愿地准备好猎具出门，告诉来人“如果哪个方向有枪声响起，就往那边去接应我”。听说结果确实如此，从没出过差错。这样看来，小助的枪法确实好，从前的猎物也确实多。

关于小助枪法好的故事还有好些。当时，村里有个叫“梅洼”的地方，传说住了只坏心眼儿的狐狸，时常会对村民们恶作剧。那只狐狸常说，因为小助的枪总是瞄准同样的位置，所以一点也不可怕。后来，这狐狸附在了小助的老母亲身上，无论如何也不肯离开，这一来，就连小助也拿它没办法了。

一天，小助将纸做的子弹装进枪膛，对着天花板放了一枪，吓唬狐狸说：“下回我就要用真子弹了。”狐狸终于露了怯，与他约定，第二天一大早一定离开小助母亲的身体，求他手下留情。小助与狐狸交涉，问怎么才能知道它真的离开了，狐狸说，当它走到小助家与对面谷下村之间的坡道上时，会举起一条腿示意。作为交换，狐狸再三叮嘱小助不能开枪打它。小助同意了，静待第二天的到来。翌日，他起了个大早，出门一看，前往谷下村的坡道上果真有只狐狸在摇摇晃晃地爬坡。当狐狸正好爬到屋子正对面的时候，确实举起了一条前腿示意。就在这时，小助举枪射死了它。

长篠村的浅畑有个名叫音五郎的猎人，姓氏不明，似乎是小助的兄弟或亲戚。听说也是个猎鹿的厉害人物。虽然他没留下什么奇闻逸事，但据说有天早上，音五郎起床后推开门，发现家门外坐着头体型巨大的狼，张着嘴一脸愁容。豪气的音五郎丝毫没觉得害怕，走到狼的身边检查它的口腔，发现一块粗大的骨头卡在它的喉咙处。于是他伸手进去取出了骨头，狼开心地摇着尾巴跑开了。第二天，音五郎家门口出现了一头强壮的大鹿尸体，不必说，这自然是前一日的狼送来报恩的。

十、十二岁的初次狩猎

凤来寺山的行者越有一户人家里，有个当了五十多年猎人的著名莽汉，丸山某。行者越是凤来寺的里参道[①]，从前是从凤来寺前往远江秋叶山的修行者之路。传说中，这还是很久以前由役小角[②]开辟的道路，也有

① 参道：为参拜神社、寺院的人们修的道路。分为表参道（正面参道，一般是大路）和里参道（一般是小路）。

② 役小角：七至八世纪在大和的葛叶山闭关修行的咒术师，传说因妖言惑众而被流放至伊豆。被尊为修验道的开山祖师。

人说小角想从这里进山，但未能如愿，只好折返，因此这里又被称为“行者返”①。往凤来寺的方向走一里，再往山麓的汤谷方向走一里，就是丸山某的住所了。

在我前去探访，并与他交流的过程中，不由感慨，从前还有这样固执又任性的猎人啊。他的话语间透出一种不相信任何外力的冷酷。此外，他好像也根本不在乎我说的话，只是一个劲儿地用尖利的嗓音说他自己想说的。他出生在比此地更为偏僻的北设乐郡黑川的乡下，后来被现在的家庭收养。

丸山某出身的家庭也是世代打猎为生。他自己第一次狩猎是在十二岁的秋天，在烧荒地附近发现了一头鹿。第一枪射出的子弹打中了鹿的臀部，但可惜不是要害，于是他跟着鹿逃跑的踪迹追赶。最后，那头鹿在很远的一座山的山腰被猎狗截住。丸山某靠在附近一棵细花泡花树上开了第二枪。鹿中弹后，朝山谷的方向滚落。他立即追过去，砍下藤蔓想把鹿捆在背后扛上去，但鹿太重，山谷地势又险峻，最终没能成功。没办法，他只好脱下上衣，盖在鹿的尸体上，一个人沿着山谷往回走。走到一个能远远望见自己家的地方时，丸山某爬上一棵树，敲击树干给家里人发出了信号。不多时，一个在他

① “行者越”与“行者返”：“越”即翻越，“返”即折返。

们家充当男仆的乞丐之类的男人前来接应。两人抬回的鹿据说有十六贯七百目①重。

之后，丸山某独自扛着那头鹿前往五里外的津具村，想卖给那边的鹿贩子，赶巧在途中就遇上了。二人协商之后，以二两二分二铢②的价格成交。

丸山某尚在惹人疼爱的十二岁，就能扛起十六贯有余的鹿，此事令他在孩童时期就成了远近闻名的小壮士。而十七岁的春天，他已经从家里跑出去了。就这样从一座山走到另一座山，被现在的家庭看中，收为养子。他年轻的时候就常追着猎物跑进不知名的山中，在那里过夜，身体也强健有力，不知疲倦。据说在凤来寺山麓的门谷，经常有人看到他背着目测不止百贯的巨大枯木在山中行走。而我实际见到他的时候，他已经六十多岁了，体型很瘦，完全不像臂力惊人的样子。

这个男人一生中捕到的猎物数量，仅仅鹿就有几百头。最多的时候，一个冬天就捕到了六十二头。那已经是三十年前的事了，当时他还有几条优秀的猎犬，分别叫作大鹰、铁治、富士——他反复说了几次猎犬们的名字。其中名为铁治的猎犬十分伶俐，曾在一个冬天捕到

---

① 目：即匁，尺贯制单位。1 目为 1 贯的 1/1 000。
② 铢：日本古时货币单位。1 铢为 1 两的 1/16，1 分的 1/4。

七头九贯以下的鹿。在山中发现猎物的时候，只要打伤它们，之后就靠猎犬们追上去咬断它们的四肢。丸山某还捕到过七头熊。其中一头躲在大树上的洞里，他独自一人爬上去，用柴刀砍断熊的前肢，令其毙命。这是他一生中首屈一指的骄傲战绩。他告诉我，他曾让一位旅行画师帮忙画下了当时的场景，还取出一幅粗糙的画递给我，让我一定要看看。我看完只是沉默着，一句话也说不出口。画上的情景与他自诩勇武而讲述的内容毫不相符，只有一位猎人和一头瘦弱到可怜的熊。

十一、一家人的结局

丸山某的养父母家位于行者越，虽然表面以经营旅店为生，实际也是世代相袭的猎人。养父不仅当过猎人，还是一位厉害的剑客①，有传言说，他是为了避祸才来到此处。因此，他们家藏着好几把长刀长枪。养父身高只有四尺多，乍看面相极为普通，但只要有刀剑在手，就无人能敌。他诨号“行者又藏”，据说是个远近闻名

① 日本的刀剑一般可互相代指，剑术与刀术、剑客与刀客同理。

的厉害人物。

虽然不知道他出于什么样的缘由将全家人带到山里居住、世代打猎，但他们家的房子很大，顶上铺着茅草。明治维新时期，曾有长州兵追着幕府残余势力来到这里。据说当十六个手握兵刃、将和服袴下摆掖进腰带的粗暴武士沿着凤来寺道追来时，主干道上的住户全都闭紧门窗躲了起来。这伙人来到行者越的丸山家门前，用兵刃指着吊在屋檐下的草鞋问“多少钱”，还因此与又藏老人发生了争吵。就在这十六个人作势冲向又藏的时候，又藏镇定地拔刀，自报家名，武士们闻言吓得立即俯身道歉，自称失礼。分别之际，老人让他们代行者又藏向某人问好，一伙人无不恭敬地应承了。又藏虽没留下多少打猎相关的事迹，但与剑术有关的，倒不止这一则。

他曾与一位旅行至此的剑客比试。那位武士站起来，发出“呀”的吼叫时，已经踢了一下天花板。与之相对，又藏发出“呀”的吼叫时，已经踢了两下天花板，就这样顺利获胜[①]。另外，在一次近邻齐聚的集会上，又藏抛出一句“谁都可以，试试来抓我”，便潜入榻榻米下；其行走速度堪比鼹鼠，谁也没能捉到他。不

---

① 二人比试的是剑术中的动作，需要极好的弹跳力与敏捷的身手。

过，这样厉害的又藏也有过唯一一次败绩。当时，他与横山的一位老板关系特别亲近，经常去探望对方。不知出于什么缘故，又藏跟那家的男仆约定，只要瞅准破绽，男仆随时可以袭击自己。然而破绽难寻。但有这么一天，又藏和那家主人站在麦田里聊天，男仆一脸淡定地在旁边给麦地施肥，提着装满肥料的长勺在田边走来走去。当勺子靠近又藏脚边的时候，男仆“啪”地用装满肥料的长勺袭击又藏的脚。事到临头，就连又藏也无暇躲避，和服袴上沾满了脏污。他无言以对，只好挠挠头，说“是我大意了”。这位又藏的女儿，也就是前面提到的丸山某的妻子，也是个非同寻常的女人，性格十分刚毅。有一次，她独自在家，夜里有人来敲门，说是从大野来的，想借住一晚。因为那人语带蹊跷，她便悄悄爬上二楼往外窥探，只见外面有九个黑衣男人，每人手里都提着兵刃。

女人见状，一手握着丈夫的猎枪，告诉对方“马上就来”，在拨开大门门栓的同时，“砰砰”地放了两枪。门外可疑的男人们吓了一大跳，一溜烟地从前面的坡道逃走了。据说其中一人吓得腿都软了，还是被折返的同伴们拖走的。

这位女性也早已去世，只留下一个儿子。很久以前，《少年世界》的记者曾看中这位勇猛的少年，在杂志上介绍过他。据说他小学毕业没多久就去了八名郡大野町，受雇于一户商家，似乎在第二年，因为营救主人的孩子跳进河里，两人一起溺死了。了解过往因缘的老人之中，有人对此深感痛惜，但也无可奈何。几年前，这家人的房子也被拆毁，户址完全消失在山林之中。

十二、鹿　玉

行者越那户人家的败落，事实上与凤来寺的衰微有很大的关联。曾经，凤来寺庙内供奉着药师如来与东照大权现（即德川家康），旧幕府时代并设天台宗、真言宗两大宗派，领有一千三百五十石俸禄，可谓盛极一时。及至明治维新后，遇到“神佛分离令”下废佛毁释的劫难，又遭遇数次火灾，往昔的繁盛景象再也无从找寻。

在凤来寺还处于全盛期的时候，山内十二坊中有一间岩本院，每年正月十四日的田乐祭，都会展示七种宝物。这七种宝物包括开山祖师利修仙人从百济带回来的琉璃壶、龙玉、熊角[1]、鹿玉、一寸八分的稻种、净琉

① 原文如此，疑有误。

璃姬[1]的穿衣镜，以及东照公（德川家康）穿戴过的盔甲。每人交纳十二文就能参观。

只听名字，就知道上述七件全都是珍宝。虽然不知道这些宝贝后来大都遗落何处，但其中的鹿玉，在岩本院衰落后幸存下来，被附近一户村民秘藏于家中。

出于完全偶然的机会，我有幸见过这块鹿玉。那是一块鸡蛋大小、略微泛红的玉，表面纹理十分光滑，绝对就是传说中的鹿玉无误。这类玉石，我从前在别的地方也见过。据说鹿玉的收藏者早先与岩本院有某种因缘。寺院即将没落之际，方丈把他叫去，把鹿玉托付给他，并嘱咐“唯有这块玉一定要留在此地”。

但这也是后来附会的故事。一方面，也有传言说，鹿玉是当时有人趁乱偷出来的。不管怎么样，它能保存下来也是一件可贵之事。

暂且不论这东西是如何在鹿的体内产生的，当地传说认为，鹿群会大量聚集在一起，用角顶着鹿玉相互传递取乐。这种行为被称为“鹿戏玉”，对鹿而言，是种

---

① 净琉璃姬：义经传说里的人物。一说是三河国矢矧驿站游女之女，一说是佛教统率净琉璃世界的药师如来之女。她与牛若丸（即源义经）之间的故事被演绎为古净琉璃剧《十二段草子》。

无上的娱乐。将那样一块玉顶在鹿角上传来传去，想必不是件容易的事，但我无意讨论这类问题。当地人认为，将鹿玉藏在家中能招来财富。从我打听到的消息来看，只要是有来历的门第世家，大都被认为家中藏有鹿玉。可见，鹿玉与富人联系密切。

就连以打猎为生的人，也很难得到鹿玉，因为只有相当年老的鹿体内才有。一旦有人得手，必定会以高价卖出。比如前面提到的行者越的猎人，据说就曾获得鹿玉。

又有人说，鹿玉有生玉、死玉之别。无论玉的品质多好，若是从死鹿体内取出来的，就完全没有效果。只有在鹿群快乐地戏玉时，从它们那儿抢来的鹿玉才有强大的灵力。凤来寺的岩本院所藏之物，就是这样一块鹿玉。收藏它的老人一边说着，一边再次取出这块玉给我看。“说它是生玉，因为握紧的时候，玉自身会有温度，还能感受到脉搏一样的跳动。”老人说着闭上眼，握住鹿玉示范给我看。之后又小心翼翼地用紫色袱纱包住它，收进了里屋。

偷偷收藏了这种鹿玉的人，往往会像守护黄金似的，对此只字不提。也因此，拥有鹿玉的人或许意外地遍布于周边各个村落。

十三、净琉璃姬与鹿

在凤来寺的传说中，光明皇后[①]是从鹿胎里出生的。传闻凤来寺开山祖师利修仙人曾在西北方的烟严山岩洞内修行佛法。一天，他到山中眺望四方景色，偶生尿意，便在附近的芒草边解决了。这时刚好有一头鹿经过，舔了那根芒草，由此怀孕。一个满月之日，鹿生下一个玉石般漂亮的女孩儿，可仙人正在修行中，没时间应付这孩子，便悄悄遣人将其送到自己的故乡奈良，找了家身份高贵的宅邸遗弃于门前。这女孩儿长大后就成了光明皇后。但因为她受孕于鹿腹之中，一生下来每根脚趾都是两瓣，宛如鹿脚。皇后因此叹息不已，为了消除宿业，还曾到凤来寺的药师如来前诚心祈愿，进献了亲笔题字的匾额。这是《凤来寺寺记》中的说法。此外，该寺还藏有元禄时代写就的《扫鹿夜话》抄本，里面煞有介事地写着，利修仙人是出于无聊，才夜夜前往西边山脚下的村子，与那里的贫贱女子生下一个女儿，后来又把这

---

① 光明皇后（701—760）：奈良时代大政治家藤原不比等的女儿，奈良时期的皇族，圣武天皇的皇后，以美貌和推崇佛教而著称。

件事牵强附会到鹿的身上。

而我在孩提时期听到的，与上述内容略有不同，是关于净琉璃姬的故事。净琉璃姬的传说也详见于《十二段草子》，说东海道矢作的驿站游女兼高[①]哀叹自己没有子嗣，遂至药师寺闭关祈祷三七二十一日，祈求神灵赐予她一个孩子。在祈愿完成之日的夜里，她梦到药师如来化作一头巨大的白鹿出现，对她说："你虽诚心祈愿，然命中注定无有子嗣。"语毕给了她一颗珠丸，女子醒后便发现自己怀孕了。本地的传说却有不同，是药师如来化身为一位白发老翁出现，说可以赐给她一个鹿胎，接着便消失无踪。很快，在一个满月之日，她产下一个漂亮无比的女儿，可惜脚趾像鹿一样裂为两瓣。游女非常悲伤，为了不让人知晓，便用布裹住女儿的脚，据说这也是足袋[②]的滥觞。

听闻在三四十年前，还有人以讲述净琉璃姬一生的故事谋生，如今却再也看不到这种表演，听不到它的唱词了。另外，据说附近有两三户人家还收藏着绘有净琉璃姬姿容的挂轴。

鹿产下女婴的传说不断变形，最终与妹背山的入鹿

① 一说兼高为源兼高，是净琉璃姬之父。
② 足袋：传统日式短布袜。

产生了关联。

凤来寺东边山麓有个名为“东门谷”的小部落，坐落于群山之中。部落里有个名叫弥右卫门的人，屋后有个废弃的池子，水上漂满铁锈，俗称“入鹿池”。传说中，入鹿大臣[1]就是在这里于鹿腹内诞生。也有人说，是海豚在这里生下了一个人类的小孩。还有传闻称，猎人用这里的池水沾湿鹿笛后吹奏，无论什么样的鹿都会被引诱过来。这个池子如今是否还存在，尚未能考证。

另外，距离东门谷一峰之外的凤来寺村峰字内，有一块田名为“产田”，传说是前文中的鹿产下光明皇后之地，十年前，田的周围还拉着祓除不净的注连绳。

十四、鹿双亲的眼眸

凤来寺自建寺之初就与鹿有着十分深厚的因缘，但自从进入明治时代，这里的人已经忘却前缘，开始戏弄和捕杀鹿。

---

① 入鹿大臣：即苏我入鹿（？—645），飞鸟时代的豪族，大臣苏我虾夷之子，后在政变中被杀。

前面提到的岩本院，本堂西侧方向有一栋白木建造的宏伟建筑，其后是俗称“大难所”的岸壁。不知从何时起，每天早上都有五六头引鹿出现在岸壁之上。寺中有个男人一早就发现此事，但毕竟是在山里，哪怕进入了明治时代，这里也算是个法外之地。他深思熟虑了很久，说服自己，只要能生擒它们，带出山去就好。于是有一天，这个男人跑到山脚下的门谷，找来一群年轻的无赖，跟他们商量好一起捉鹿。他们在鹿的必经之路上设了陷阱，将青竹铺成网格状，鹿一旦踏入其中，就会动弹不得。布置好陷阱的第二天早上，果然有一头十四五贯重的雄鹿落入其中。一群人围上前去，用绳子从它的颈部一直捆到四肢，在鹿嘴上装上马用的辔头。两个男人牵着缰绳，其他人在后面拍打鹿的屁股，就这样拉着鹿走下九百多级台阶的坡道，来到门谷的镇上。男人们拉着鹿在家家户户门前炫耀，仿佛正月里牵着马驹游玩似的，牵着那头鹿在镇上四处转。鹿仿佛也断了逃跑的念头，再没有抵抗。镇上一个姓庄田的颇有权势的人看不下去了，给了点钱，让他们把鹿放了。这群年轻人当场答应得好好的，出了村子又把鹿拉回山里，杀来煮着吃了。真是残忍。听说了这件事的人们无不在暗地里议论，感慨凤来寺的没落。之所以变成这样，是因为凤来寺也已威严扫地，整座山发生了翻天覆地的动乱。据说那是在明治四年。

虽然说不上戏弄，但猎人之中有些人会把刚出生不久的鹿崽当作囮子[①]，抓捕它们的父母。夏天，猎人们在山里寻找猎物时，偶尔会在山崖下或山体滑坡的地方捡到掉落的鹿崽。这种时候，因为知道鹿崽的父母一定在附近，猎人暂时不会杀掉鹿崽，而是把它绑在近处的树旁，偶尔还会让鹿崽发出叫声，引诱其父母出现。鹿崽的双亲一旦发现自己的孩子，一连几天都不会离开，并会在某个地点一直注视着它。如果猎人就在近旁，一定会注意到它们的眼眸。当双方视线相交时，鹿崽的双亲便会迅速逃跑。因此，这种猎法也需要相当的技巧。失败的次数多了，猎人也会变得意气用事，干脆在近旁睡上一整天，等待鹿的出现。但也有猎人认为，这一来就绝对无法猎到它们。

如上所述，如果鹿崽被捉，它的双亲会在周遭时隐时现地追寻；如果父母被捉，鹿崽则会紧跟在它们身旁不愿离开。若有猎犬在旁，就会毫不费劲地扑上去咬死它们；但若没带猎犬，鹿崽便会跌跌撞撞地跟在背着它父母尸体的猎人身后。那惹人怜爱的模样，即便是粗暴的猎人也不忍心对它们下手。另外，鹿崽又被叫作小坊

---

① 囮子：为诱捕鸟兽而使用的同类鸟兽。

或昆坊[1]

如果是两岁且角未分叉的鹿崽，也被称为单角或单角坊[2]。

十五、鹿　胎

因为腰部和四肢尚未发育成熟，掉落山崖的鹿崽有时候会死掉，连囮子都当不了。而对猎人来说，比起捕到鹿崽父母中的一头，抓获怀胎的母鹿获利更多。

鹿胎一般叫作砂古[3]或是胎笼，据说将其焙黑之后，对产后康复大有裨益。如今虽然已经很少见到虚弱的产妇，但从前无论去哪个村子，都能看到一两个脸色苍白的女人，由此可见，鹿胎的需求量也不小。

明治初年，一头普通的鹿能卖五十到七十钱，而一个鹿胎能卖到七十五钱到一日元，因此，猎人们想尽办法也要把怀孕的母鹿搞到手。对他们来说，谋生是头等

① 原文为コボウ（kobou）、コンボウ（konbou），仅表音，都是指鹿崽。
② 原文为ソロ（soro）、ソロッポウ（soroppou），仅表音，这里按意译。
③ 原文为サゴ（sago），仅表音。

大事，一头母鹿一年只能产下一头鹿崽又如何，他们根本没闲工夫操心鹿的繁衍问题。

一般认为，旧历春三月、母鹿四肢开始换毛时节的鹿胎最为有效。鹿换毛被形容为“穿胫巾[①]”。初春时节，草木发芽，鹿会开始褪去冬季略微发黑的旧毛，到了初夏插秧繁忙的时节，鹿毛则会完全变成红色，并出现纯白的斑点。这个季节的鹿被称为“五月中鹿”，鹿全身都像是换上了鹿斑染就的单衣。幼鹿换毛是从蹄子根儿开始，渐渐往上，及至全身。当换到膝盖部分，也就是所谓的“穿胫巾”时期。远远望去，的确像是穿着红褐色的胫巾。按时间算，这个时期的鹿胎已经五个月大了，体积比老鼠大一点，皮肤上已经长出了鹿崽的斑点。也有说法认为，刚从母鹿腹中取出、刚好能放在人手掌上大小的鹿胎，对产后妇女效果最好。

晚春花散尽之时，母鹿肚子里的鹿胎就长到了猫儿大小，差不多也该出生了。这时候的鹿胎效果较差，卖不了高价。狡猾的猎人会把鹿胎的皮剥下来，使其外观变小。鹿胎成了一坨红色的肉块儿，确实叫人于心不安，或是出于这个原因，猎人们会将其带到很远的地方

---

① 胫巾：即绑腿。

去卖。

鹿肉据说也能治病，鹿角也被视为退烧药，还有人用小刀从上面刮粉，作为随身携带的常备药品。

十六、捕鹿的陷阱

冬末到春初的这段时间，鹿时常会光顾村里人的小便壶。从前在凤来寺山麓的门谷等地，人们深夜里出门小便，总能看到两三头鹿消失在夜色深处。虽然狼之类的动物也会如此，但鹿尤其会在这个季节感到生理上的盐分不足。山中更是如此，据说鹿会远道而来，寻找人类小便的痕迹。

也是在这个时期，猎人会用一种弹簧陷阱猎鹿。弹簧陷阱在日文汉字里写作“跳罠”，一般设置在烧荒地附近、鹿群很有可能聚集的地方。具体操作方法是，先挑选一棵能把鹿整个儿吊起来的小树，在树前堆积落叶，再在落叶周围用枯枝一类的东西围一个栅栏。接着，将栅栏开一个口，在出口处放上弹簧陷阱。把最开始挑选的那棵小树压弯，在上面吊一个藤蔓做的圆环；再用另一根藤蔓做成弹簧，让小树保持弯曲状态。接着在栅栏中的落叶上撒尿。当鹿接近，想舔舐落叶上的尿液时，脖子碰掉弹簧，弯曲的小树弹回原位产生的力量会把藤蔓做的圆环套在鹿脖子上。说明起来有点复杂，简单概括就是，利用弯曲树枝的弹力，将伸着脖子舔舐尿液的鹿套住。

一旦有人用弹簧陷阱捉到一头鹿，其他人也会纷纷效仿，在附近设置相同的陷阱。最后，同一个地点出现三四个相同陷阱的情况也不少见。但神奇的是，鹿不会落入之后新做的陷阱。北设乐郡丰根村黑川附近曾发生过这样的事，某处并列着三四个同样的弹簧陷阱，

弹簧陷阱与鹿

但鹿只在同一个陷阱上当，甚至连续三天都有鹿被套住。

更为奇特的是，落入弹簧陷阱的都是雌鹿，雄鹿据说从未上当被捉。这或许是因为雄鹿的角太碍事，藤环没办法完全穿过鹿角套住鹿的脖子。但具体原因如何，猎人却不愿透露。雌鹿之中，又以怀孕的鹿最爱舔舐尿液。这样看来，接近人类尿液的不仅仅只有传说中的那头雌鹿[①]。也有猎人曾在冬末春初的早上，看到鹿正舔舐枯草上的白霜。

捕鹿的方法，除了弹簧陷阱，还有竹箭。竹箭的具体操作方法在前章野猪部分已经提过，此处不再赘述。将竹箭放在烧荒地的栅栏背后，跳入其中的鹿便会被刺中。夏天在里面混合着撒下荞麦、油菜和麦子的种子，等收割完荞麦，油菜和麦子也长出了青苗。随着秋冬来临，山色转枯，鹿便会被这片绿苗吸引着靠近。当它把前肢搭在高高的栅栏上，借力跳入其中，紧接着就会被闪着寒光的竹箭刺中。早上到附近转一圈儿，不时能见到胸腹部被竹箭贯穿而亡的鹿。曾有无名猎人夸耀自己的战绩，说他一个冬天在同一块地的栅栏处捕到了七头鹿，想来实在悲哀。

① 指前文中诞下光明皇后或净琉璃姬等历史名人的传说中的鹿。

十七、巨蛇与鹿

巨蛇追击鹿的传闻故事有很多。

从泷川村到小吹川沿途，往山里走一里路左右，有户姓小吹的人家。据他们说，当地的山里栖息着巨蛇。凤来寺村的布里曾有个男人翻过山来到此处，发现道路前方有棵卧倒的大松树，走近一看，竟是一条蛇。泷川也曾有猎人早上来这里猎捕引鹿时，目睹一头大鹿从高耸的山崖上掉落。猎人吃惊地抬头，正好见到一条巨蛇伸出镰刀形的头朝下窥视，他吓得当即就逃走了。

伊那大道主干道上的双濑也流传着类似的故事。当地有一块陡峭的崖壁，顶峰直刺青空，曾有一位猎人在壁下休息时，听到崖顶上发出巨响，接着有什么东西掉落下来。仔细一看，竟然是一头鹿，跟前面的传闻一样，是被蛇追着摔下来的。类似的故事虽然其他地方也有，但八名郡石卷村流传的内容尤为古怪。

这件事发生的时间距今并不久远，我当时甚至还听说了当事人的名字，但很可惜没能记住。详情是这样的：一位猎人天不亮就起床出门，前往石卷山猎鹿，到了半山腰后，待在一面山崖下静待天明。那山崖是一座悬崖，危岩高耸，层峦叠嶂，又名“颚峰”，一般行至此处，便无法再往上了。猎人的目标就是出现在岩石上的鹿。就这样等到黎明时分，突然有一头大鹿从峰崖上滚落。猎人吃惊地抬头，看见高耸的岩石上，一条长约二间的镰头巨蛇正探出头来，朝下打量。那模样太过恐怖，猎人吓得举枪疯狂射向巨蛇。接着，巨蛇发出可怕的声音从崖上跌落，痛苦地挣扎了许久，终于死了。之后，猎人便扛着鹿逃也似的往家跑。快到家门时，却见自己的老婆脸色苍白地倒在那里。遭遇了一系列怪事的猎人急忙把老婆救醒，慢慢从她口中了解到事情的缘由。原来，她把猎人送出门后回去睡觉，做了个奇怪的梦。梦里，她变作一条巨蛇，追在一头鹿的身后，见鹿跌落山崖，便伸头往下看，没想到却被下面的猎人一枪击中。从这里往后，记忆就很模糊了。回过神来，她已经翻身下床，倒在了自家门口。女人讲述的内容，与男人方才射中巨蛇的经过完全一致。

这件事是我念小学的时候，在上学路上听一个比我大四五岁的孩子讲的。他是前一天晚上，跟父亲一起从中村（宝饭郡中村）来的叔父口中听说的。虽然故事里尚存疑点，但如今那孩子和他父亲都已去世，也没法进一步确认了。同样是在八名郡，听说有个叫乌原的地方，自古以来就是巨蛇栖息之地，曾有人看到一条巨蛇叼着鹿从山脚下的草丛中经过。

十八、旋木工匠与鹿头

曾经，我在从长篠站去往海老方向的大道上，与一个男人同行过一段路。走着走着，我们开始聊天，我得知他出身于北设乐郡的田峰。男人告诉我，在田峰深处，段户山皇家森林里的水晶山里，栖住着一个旋木工匠[①]的部落，他曾在当地一位颇有声望的人家的会客厅里，看到两个装饰用的鹿头，上面长着粗壮的鹿角。

男人请求对方将其中一个鹿头让给他，他愿意出三十日元的高价，但对方最终也没有同意。那是一个新近建立的旋木工匠部落，早期只有两三户人家，后来很快增加到了二三十户。旋木工匠们首次踏上这片土地的时候，附近的山里不时还能见到十五六头结为一群的鹿在四周嬉戏玩耍。顺带一提，段户山的鹿非常有名，下面要说的事也发生在这座山中。

---

① 旋木工匠：写作“木地屋”，使用旋床（辘轳）制作木碗、木盆等木质器皿的工匠。

一位伐木工人在山中小屋劳作，某一天突然遇上大雪，工作没法顺利进行，他无事可做，只好站在小屋前。就在这时，他发现对面的日阴山上有两头鹿在嬉戏。为了打发无聊的时间，他叫上同伴一起从两头包抄那两头鹿，想把它们轰走。鹿发现后，一口气越过山峰逃跑了。伐木工人和同伴笑着返回小屋，途中，在一丛没有砍完的小树林里发现有东西在蠢动。仔细一看，竟然是一群鹿，约有二十来头，屁股挨着屁股在树荫下挤作一团。两人把这些鹿也轰散了，但怎么也想不明白，之前他们去追那两头鹿的时候，这群鹿为什么不逃跑？

或许它们是为了避雪才聚在那里的吧。这件事发生在日俄战争结束后不久，当时那位伐木工人刚三十出头。

接下来也是关于鹿群的故事，是我们村一位姓山口的同乡的实际见闻。有一年夏天，他受一位急病发作之人的委托，作为飞脚前往段户山的山中小屋。他脚程虽快，到达田峰村的时候，也已经太阳落山。那天恰好是旧历八月十五，当他到达深山里的金床平时，月明如白昼，他走在广阔无垠的高原上，发现不远处有成群的鹿在嬉戏。鹿群就像被放牧的马群，数量多得数不清，想来有好几十头，全都沐浴着月光分散在原野上。那幅光景虽然有些诡异，但也十分壮观。它们像是完全没发现近旁有人，兀自悠然地踱着步子。有的伫立在道路中央，有的站在路旁目不转睛地目送他离开。

当他到达要找的山中小屋时，夜已经很深了。到达之前，离开高原之后，他在途中也好几次碰上五六成群的鹿结伴经过。那是明治二十年前后的事，山口某那时还是个二十五六岁的青年。

十九、大群的鹿

大约五十年前，段户山中菅原深处的中河原，有一队工人顺水护送一批木材①时，发现河畔茂密的茅草丛中，有个挥着木枝的裸体男子正在追赶一头巨大的鹿。工人们很快随着木材一同到了河流下游，在我们村子里歇脚时，对人谈论起这件事。据说那个裸体男子是山男一类的野怪。

后来，中河原附近的树木莫名其妙就被砍得一干二净，接下来的故事发生在距离该地三里左右的深山里，是一个正在进行伐木作业的工人亲眼所见。

彼时已经是明治三十年的冬天了。那年冷得史无前

① 利用河水浮力让木材顺流而下，无需使用竹筏。日文中叫作“川狩り”。

例，大家都说，再这样下去，山里很快就没法长住了。当时，这位伐木工人和其他八个同伴一起住在山中小屋。前一天，他们基本完成了工作计划，这天起了个大早，站在小屋前准备商量具体的分配方式和职权问题，但毕竟是在山里，早晨的光线还很暗淡。

这天不同以往，山脚下的洼地一带笼着浓浓的雾气。这位伐木工与同伴之间隔着一段距离，独自望向山谷里茫茫的雾气。正在他出神之际，那团雾突然蓬松地涌起，不断向上移动。接着，雾气如云朵般越靠越近，颜色也开始变为淡红。渐渐地，他发现了雾气背后的真相，惊讶得几欲大喊出声。原来，刚刚以为是雾的那一团团东西，竟然是不可胜数的鹿群。它们像云朵般涌上来，又风一般齐齐奔向旁侧的山峰。这时候，其他伙伴们也都注意到了，但没人出声，都呆呆地站着，看得入了迷，直到鹿群完全离开，才回过神来。

因为遇上了这种事，工人们突然觉得山中变得很可怕，又工作了一天，就收拾行李离开小屋，回家去了。当时，那位伐木工还是个二十一二岁的青年。

虽然有关大群鹿的故事时有耳闻，但这样的事还是第一次听说。我尚无法完全相信，但暂且就按听说的内容记录下来吧。事实上，这或许也是兽类们留下的最后的故事了。

不知不觉，这些不得要领的、断片似的故事也写了这么长。它们发生在极其狭小的、东三河地区一块不足十平方里的地域，出没其间的鹿与别的地方也有区别。寒峡川与丰川自北向南垂直分布，栖息在这条河线右岸地区的鹿，比河流东岸远江山地的鹿要高大很多。它们就是前文中提到的“本宫鹿”。与之相对，越往远江山地走，那里的鹿体型也越小，它们俗称“远州鹿”，即使是长着三叉角的雄鹿，也只有七八贯重。据说是因为那里的山地多岩石，鹿群很难觅食。由此可见，鹿的生活也受到地理条件的影响。

狸

一、狸之怪

狸这种家伙确实非常奇怪，一个以猎狸为生的男人曾对我说起过他的经历。事情发生在不到五年前，男人与同伴在村子里的池代山中发现一个洞穴。他们往深处挖，一直挖到铺着枯枝败叶的巢窝，也丝毫不见狸的踪影。两人都觉得不可能，猜想狸是从附近某条暗道逃跑了，接着用手掌轻抚洞穴周边的土壤，不仅没找到暗道，也没找到狸。他们已经探到了洞底，再往前就是岩壁，没法儿继续挖了。而且这是个横洞，洞中昏暗，无法视物，其中一个人专门跑回村子里取了蜡烛来，把洞里搜了个遍，仍是没有任何发现。按洞穴开口的大小推测，洞中至少该有两到三只狸，两人商量，不如先在洞口放一个围栏，明天再来查看。就在他们开始设置围栏的当口，来了个观光的男人。两人将方才的一番辛苦说给男人听了，男人说，自古就传说狸害怕烟熏，见了烟一定会逃出洞来，建议他们试试看。虽然听着不太靠谱，但也没别的法子了，两人决定试一试。他们迅速将枯叶堆在一起，上面撒一些杉树的绿叶，点燃后将烟雾扇进洞穴深处。其中一个人在外面守株待兔，想看看到底是不是有什么逃跑的暗道。充其量只过了两分钟不到，就有一只狸突然从烟雾里窜了出来。猎人立即用事先准备好的捕叉叉住它，将其逮住，但怎么想也想不明白，刚才这只狸到底藏在哪儿。

同样是这个男人，从前在另一座山上捕狸时，有过以下遭遇。他在一个洞穴里探到六成左右，一只狸很快窜了出来。男人立刻拿起锄头挥过去，狸就死了。他把狸的四肢绑起来，吊在旁边的树枝上，因为确信洞内还有两三只狸，就准备继续往里探。男人一边挖洞，一边看了眼吊在树上的狸，发现绳子好像快断了，狸摇摇欲坠。于是他回头叫一起来的伙伴给狸换条套绳。伙伴点点头，把树上的狸放下来，解开了绳索。挖洞的男人放下锄头，把身边的绳圈扔过去，让伙伴接住。就在伙伴伸手去接的瞬间，手松了一下，本该死去的狸突然坐起来，从他手中溜走了。真的只是一瞬间的疏忽大意，两人后悔不迭，久久无法释怀。明明用锄头很用力地打了它，感觉应该是死了，到头来居然是装的。当时男人十分注意吊着狸的绳索，或许是一开始就觉得奇怪，不知道狸究竟是在装死，还是昏死过去了。无论哪一种，对狸而言都是常事。

二、装死的狸

俗语中的“装睡”（狸寝入り），在真正的狸身上是否发生过，尚未曾听说。但狸时常装死这件事，的确是经猎人们证实的。当猎人在山中追踪狸时，“砰”地开了一枪，狸会瞬时倒下，这种时候千万不能疏忽大意。有时放出猎犬去追，当狸被追上并被猎犬一口咬住时，可能一时会放弃抵抗。但越是这种危急关头，它越会瞅准时机逃跑，就连猎犬也有失手的时候。不过，经验丰富的猎犬似乎会时刻保持高度警惕，绝不给狸可乘之机。

凤来寺峰村有个叫音吉的猎人，一次，他把一只狸从分垂的山中驱进了田地，接着放出猎犬，据说它很快就叼回了狸。音吉将狸带回家中，随手放在进门处的素土地面[①]，让猎犬在旁边看守，自己到后门去上厕所。回来的时候，便见猎犬和狸缠斗在一处。转眼间，猎犬

① 素土地面：即未铺地板的地面。中世以后，这种房间一般指厨房或工作间。

就把狸咬死、叼了回来。如果当时没让猎犬看守，那狸肯定早就跑得无影无踪了。

同样是峰村的一个男人，将猎到的狸放在素土地面，自己坐在室内的火炉边吃饭。很快，因为门外拴着的狗叫个不停，他便从格子窗里往外探看，发现本该已被打死的狸居然悄悄地抬起头来。男人立刻意识到狸是装死，假装咳嗽了两声，狸听到声音立刻躺平。没过多久，周边安静下来，它又睁开细长的眼睛打探情况，男人又咳了一声，狸便慌忙地闭上了眼。

此外，泷川的一位猎人在椎平的山中发现一只狸，在它逃往山脚的时候开枪，狸跳起来打了个滚儿就倒下了。猎人将其带回家中，在素土屋的天花板上吊了半天，然后放下来准备给它剥皮。背上的皮剥到一半，猎人突然有急事去了旁边的房间，狸就那样被搁在原地。

没想到这只背上皮被剥了一半的狸，居然爬起来慢吞吞地从后门逃走了。正好这时有人来做客，见状乱作一团。一群人手忙脚乱，终于捉住了那只狸。

老鼠等经常如此：当它在房中横梁上跑来跑去时，被人用扫帚等工具一赶，就摔下地来，像是死了。当人捏着它的尾巴根儿带出门外，刚一放下，它便呲溜呲溜地逃走了。这种情况，说它是一时失去意识了也有可能，但前面提到的那只背上皮被剥下一半才终于清醒过来的狸确实有点奇怪。如果说它之前都是在装死，那可真是忍耐力极强了。无论是哪种情况，都很符合世人眼中的狸的形象。

三、狸　穴

悉心观察过狸穴的人，只要扫一眼山的外观，就会知道那里是否有狸挖洞居住。狸大都喜欢杂木山边缘，从山顶往下一段距离的地方。

虽说獾的洞穴也是如此，但狸的洞穴一定会朝向谷地里有水源之处，以一条小径贯穿其间。它们未必早晚都会路过此处，却会把小径打扫得干干净净，像平整过的地面一般，据说是用扫帚般的尾巴整理的。狸洞外除了有通向水源的小径，还有它们上厕所的地方。距离洞穴数间的位置，会有一个堆着大量粪便的地方，这就是所谓的“狸粪堆”。有时候，它们好像也会改变粪堆的位置，在洞穴周边到处留下粪便的痕迹。虽然从粪便的状态可以推测它们是否又换了位置，但它们偶尔也会离开洞穴两三天再回来，所以仅仅从粪便的新鲜程度并不能判定狸是否在洞中。

狸洞从入口往里一点的位置最窄，接着又会随深度变化而不断加宽，最后是一块铺着厚厚枯草叶的所在。这就是它们的睡床。如果是个大洞，睡床面积甚至可达两叠[①]左右。有的洞里，在睡床里面还有一个较高的平台。这是为湿气重的时节准备的。暴雨之后，睡床有时会积水，这时就要用到里面的高台了。

在狸洞外狩猎的人，只需要从洞口慢慢往里挖，等狸从洞中跳出来的时候，用预先准备好的捕叉捉住它。如果带了猎犬，还能让它进去把狸叼出来。这种情况，体积大的猎犬就派不上用场了。不过，当一个洞里藏着两三只狸的时候，猎犬也未必能成功捉住它们。

一个狸洞里只有一只狸的情况很少，大都有两只以上。多的时候，甚至可能有六七只。如果换成獾，数量就更多了。俗话说“一窝十獾”，一个獾洞里的獾能达到十只之多。

狸一般在冬至前十天进洞，立春后第八十八天出洞。在此期间，一定会待在洞内。到洞口猎狸的人可以在入口处插上茅草叶之类的东西，根据其摇晃的状态来判断狸是否藏在里面。

---

① 一叠：和式房间一张榻榻米的大小，具体面积各地略有不同。一般约为1.4平方米。

从前的人就算发现了狸洞，如果不能轻松捉到，就不会出手。而最近，人们只要一发现狸洞，就算耗上一两天也要把它们捉住。即便是利用岩洞建造的坚实洞穴，也有人用炸药炸开后将狸抓住。狸因此迅速减少，如今，就连村里猎狸的名人也开始抱怨，一年只能捕到两三只狸了。

我家附近的竹林里，从前就传说有獾的洞穴。但这里位于车辆往来的街道旁侧，想来不大可能。但根据附近居民的说法，傍晚通过此地，偶尔能看见獾。如果是狸还好，獾的话，即使挖开竹根费力寻找，也很难如愿找到；这是村里猎狸的人们说的，这样看来，或许真有獾栖息于此处。

四、捕兽夹与狸

用捕兽夹捕狸的时代，已经过去三十多年了。如果随便跑进一座山里，无论放多少捕兽夹，本来就没有狸的地方也不可能捕到。只有循着狸的踪迹前往，才有可能成功。曾有一阵，有人把摔炮丢去让狸咬，靠这种方法捕狸，后被警察发现，加强管理，很快就没人这样做了。

尽管如此，据说用捕兽夹捕狸的时期，发生过不少趣事。有人在后山里放了三个捕兽夹，结果全被躲开了。有人刚把捕到的狸剥完皮，准备挂在房檐下，恰好就有收购狸皮的小贩来买。据在北山皇家森林下的街边开茶店的老爷子说，狸皮在当时的价格非常低廉，但比起普通百姓辛辛苦苦劳动赚的钱，还是要划算很多。那时候，周边只有一块耕地，其余地方都长满了杂草。随着狸、狐等数量逐渐减少，耕地面积也渐渐扩大，不过十年光景，地里每年已能收获好几袋麦子了。从五六年前开始，附近还开辟了水田，去年收获了六袋大米。

然而在大量使用捕兽夹的当时，猎人们虽然捕到了狸，却也做了不少蠢事，还有过出人意料的经历。曾有一只漂亮的狸踩到捕兽夹，后腿被夹住，只能跳着逃跑，而猎人就在一旁眼睁睁地看着。如今想来，这种行为也相当怪异，但当时他不知为何产生了一种想法："难得捉到只活的，立刻弄死太可惜了，不如先看看它痛苦的样子吧。"就这样，猎人从腰间取出烟盒，坐在一旁悠闲地吸起烟来。狸被捕兽夹夹住的那条腿已经血肉模糊，煞白的筋从肉里掉出来，只剩一条肌肉还挂在捕兽夹的铁片上，伤口看来非常严重。每当它拼命挣扎，那条肌肉就会拉长。即便如此，它也无法挣脱。这种时候，猎人还在旁边不慌不忙地恶言相向，说"你再怎么挣扎也没用哦”。其间，狸变本加厉地胡乱扭动，突然，“噗哧”一声，它居然挣脱捕兽夹，渐渐跑远了。猎人自觉愚蠢，到最后也无言以对。因为狸弄断肌肉逃跑了，猎人便提着夹有那段肌肉的捕兽夹，心不甘情不愿地回家去了。后来，他把这件事讲给另一位猎人听，对方说也有过同样的经历。如此看来，这种事在狸身上是屡见不鲜了。

五、捡到狸的故事

虽说在山中捡到狸并非稀罕之事，但在捕狸已成难题的时期，这种遭遇还是很值得一提的。有一次，村里有个人早上出门，进山到自家地里播种小麦，途中在田圃里看到一只狸惊慌失措地愣在那儿。他心想，这个季节不可能有狸啊，但停下脚步仔细一看，确实是狸没错。这人便立刻过去捉住它，弄死了。这时候他才发现，狸的双眼早被射穿，是只瞎眼狸。但附近并没有听说谁打中了狸却没抓到的消息，想来它应该是从很远的地方流落至此的。故事到这里就结束了。但事实上，当天除了这个人，还有另一个男人先他一步经过此地。两人是邻居，房子离得很近，但不知为何关系很差，见到彼此总是没一句好话。他们不仅住得近，田圃也挨在一起。

当时，捡到狸的男人拎着狸先去了隔壁男人那里，冷不防掏出狸，搭在手上炫耀，并吼道：“就算你再怎么心疼你家这几亩地，也不至于天不亮就起床，目不斜视地跑到这里吧。你就是这样才会连到嘴边的鸭子都让它飞了。以后走路的时候可得注意着点儿!”没捡到狸的男人暗自嘀咕，遇到这样不讲理的人，也只好让他说去了。

虽然捡到狸的男人确实很嚣张过分，但农村里确实存在没捡到狸的这种人。他们对田地感情很深，为人处世极端老派，毫不追求物质享受，节日也要躲起来工作，从早到晚地干活儿，一个劲儿地积攒家产——这种生活态度与其说让人羡慕或嫉妒，不如说他是个固执的傻瓜。要知道，当时一只狸的价格接近一袋米，这样的好运都能放走，可不就是个傻瓜嘛。

说回刚才的话题，狸有时会因为负伤而迷路，钻进村民家中。有户人家早上打开门，发现门外有一只大狸正东倒西歪地走着。上前一看，它全身都是血，想必被狗咬了，发现有人接近也没力气逃跑。这户人家觉得它可怜，没能下手捕杀，难得天上掉下的馅饼，也只好让给邻居家了。

六、丢沙子

据说，狸主动吓唬人的时候，一般会用尾巴去挠人的头，或是从人的身后丢沙子。离开凤来寺大道的追分，经过分垂桥畔，据说常有人在这里被狸用尾巴挠头。最近我开始认为，那或许不是谣言，而是真事。那座桥的桥畔长着五六棵繁茂的红松，其中一棵的枝干伸到了大道上。大约三十年前，村里有个猎人在黄昏时分经过此处，随行的猎犬对着树上吠叫不止。时间已近傍晚，猎人想尽快离开，但狗情绪激动，叫个不停，他便抬头往上一看，发现横生的树枝上竟有一只狸。猎人立即举枪打死它带回家中，感叹这实属意外的惊喜。

从八名郡的大野朝远江方向前进，途中会经过须山的四十四道弯坡，传闻这里常有狸出现，朝人的身上丢沙子。因此，夜晚很少有人经过此处。有一天，大野有个人在日暮时分从须山来到这四十四道弯坡处，忽然感觉身后有人一阵阵地朝自己身上丢沙子。一开始，他并没有在意，但没过多久就感到诡异，只得加快步伐赶路。没想到脚步一快，沙子也多了，最后他终于害怕得跑起来，可越是跑，落在身上的沙子就越多。当他着了魔似的拼命跑下弯坡，已经吓得脸色苍白，只好在当地的村民家借住一晚。事后他再一琢磨，才意识到那些沙子是从他穿的草鞋里飞出来的。恍然大悟之后，他便哈哈大笑起来。不过，在四十四道弯坡的某个位置，确实有人真被丢过混着小石子的沙粒。另外，据说有位修验道的行者在此处被狸戏弄，一整晚都在山中兜兜转转，从须山村子里借来的灯笼磨损得只剩骨架子，他自己的衣服也被刮得破破烂烂，身上满是擦伤，直到第二天早上才找到回家的路。如果这狸能糊弄住修行之人，想来往人身上丢沙子也轻而易举吧。

七、狸与博闻多识者

据说在深山里，常有人把獾皮误认成狸皮买走。山里人把獾皮晾在板子上，吊在屋檐下，城里来的行商者路过此地，见了那张皮，虽分辨不出是什么，却要故意客套道："让我来看看这是什么皮。应该是狸皮吧。"山里人故作无知地说："是狸皮，这应该能卖到这个价格吧?"行商者听了便想，"原来这人不知道狸皮的市场价啊"，接着心痒难耐，产生购买欲望，心说这价格买一张狸皮可太划算了，一定是山里人信息闭塞，不知道外面的行情。想到这里，行商者便忙不迭付了钱，带着那张皮走了。途中有人搭话，说“你买了张獾皮啊”，行商者才意识到上当了。因为獾皮的价格不及狸皮的十分之一。路人问他是从哪儿买的，行商者如实说了，对方便笑道：“原来是被那家伙骗了呀。”据说有人发现被骗后还会嚎啕大哭。事已至此，也有行商者不肯罢休，挨个儿跑去别的猎人家商量，说“帮我把这皮卖了吧，随便多少钱都行”。

是獾还是狸，从外表就能立刻分辨出来的只有猎人，普通人确实难以区分。话虽如此，也有些时候，就连猎人也分不清究竟那是什么。

有这样一个故事。人们分不清抓到的究竟是狸还是獾，大肆争论之后，将其带往村里一位博闻多识者的家中。这人是个瞎子，躺在会客厅里就问：“这东西的四肢有没有皴裂?”其他人闻言看了看，说“有”，瞎子便说：“那就是狸了。”就这样，他躺着就把问题解决了。这位神奇的博闻多识者名叫忠兵卫，十七岁就患了眼疾，二十岁左右就完全失明了。虽然眼睛看不见，他对村中大小事务却了如指掌。哪怕是他看不见的山中地貌、哪座山里有什么样的石头，他也都知道得一清二楚，实在奇妙。大家都替他惋惜，说他如果不瞎就好了。这样一个人，晚年的境遇却更为悲惨。

老婆死后，他娶了个填房，两人生了个女儿，没多久，填房也像被诅咒似的患上不治之症，死在了村里人盖的山间小屋里。为了消除业障，他在女儿长到十三岁的时候，带着她云游四方、参拜神佛，从四国八十八所辗转至奥州的盐灶。最后在归乡途中，于江户雉子桥御门的长屋外遇到了他的表兄弟，彼此都欢喜不已。但很快，他就去世了。女儿因为有个得怪病而死的母亲，身世十分可怜。虽说她心念双亲，在十三岁那年开始四处云游，但不知何故，又于十七岁那年出现在美浓的岩村，因为太冷而倒在雪地里，身上还穿着云游时的装束。靠着好心人的救济，她回到了家乡，但很快也死了。这是差不多一百年前的故事了。

八、狸　火

据说狸能变出火。有人说这火是蓝色，有人说是红色，没有定论。也有人煞有其事地总结：狸火是红色，狐火是蓝色，天狗火是闪着光的红色，等等。但总的来说它们的共同点是，无论在山的背阴面，还是树丛遮挡之处，都能被人看见。

从长篠的医王寺往横山方向出发，翻过一座山，进入主干道，有个十字路口，据说这一带常有狸出现吓唬行人，还在这里变火玩儿。

慢悠悠地从山路下到主干道的十字路口，前方是寒峡川宽阔的溪谷，溪谷对岸依稀能望见大海村和出泽村的灯火。继续往前，便能看到横山村的灯光。即使狸火或狐火没有出现，这里也是个极冷清的地方。有时，远处的雁望山附近也会出现微弱的火光。我小学毕业那年，每晚夜校放学都要从这条路经过，下坡后看到远处人家的灯火，时常会吓一大跳。话虽如此，我却一次也没见过狸火或狐火。

也有传闻说，那一带时常出现奇怪的人影，时远时近地跟在行人身后。你一停下，那人影也停了，你加快脚步，那人影也变快，直到跑到村口，人影才会消失不见。事实上确实有人遇到过类似的事，我知道的就有好几个。其中一个男人发现那人影的时候，已经走到了村口的桥上，只见影子渐渐从旁边的路离开，消失在小河里了。

我小时候还有过这样的经历。一个男人大半夜来我家敲门，说在路上遇到一个奇怪的人。这男人是隔壁村里的财主，说他走到那个十字路口的时候，发现后面有个人影一直随行，到了村口也没消失，不知不觉就走到了我家门口。他因为害怕，不敢继续翻山越岭地回家，请求在我们家借住一晚。这看起来确实像是狸的恶作剧。这种情况下，如果真的是狸，消失前一定会发出巨大的声响，听了就能分辨出来。

九、唤人的狸

据说在正月里独自进山伐木，会听到“喂”的呼喊声，但不知是从哪儿传来的，尤其是天阴欲雨、气候和煦的日子里。也有说法是女人独处时，一定会听到这种呼唤声。

“喂——”的声音很轻，像是错觉，又像是拼命挤出来的微弱嗓音。这边在握着砍刀噼啪噼啪地伐木，那边也发出了同样的响声。这边“哗啦”砍倒一棵树，那边也传来了同样的“哗啦”声。此时还是白昼，阳光正耀眼，伐木人大声问“谁在那边”，却无人应答。过了一会儿，又有“喂”的呼声传来。这回，伐木人也瘆得慌，赶紧回家去了。

又有一人，在烧炭的时候，听到附近山后传来太鼓与笛子的声音，好似有一群人热闹地吹吹打打，朝这边走来，似乎下一秒就会出现在前面的转角。可一转眼，声音就消失了。大家都说这是狸的恶作剧。

狸会唤人，并以此为契机与人互相叫唤，如果对方没答应就算输，输了就要被它吃掉。于是，常发生这样的情况：要么有人夜里犯困打盹儿没回答，要么回答了却没完没了。深夜里一个人待着的时候，最容易上当回应狸的叫唤，这一来，就算把锅上茶釜里的水都喝干，彼此呼来唤去的游戏也没个完。长篠村吉村的寺庙后有一户人家，索性三个人齐上阵，轮流回答狸的叫唤，最后终于赢了。也有以敲击木鱼代替口头回答的情况。一般天亮后出门，会发现一只可怕的老狸肚皮朝天死在门口。

泷川深处的大荷场有一户人家，据说每晚都会遭到附近山谷里的狸的戏弄。这个叫藤兵卫的人也不服输，狸发出“啪嗒啪嗒”的声音逗弄他，他也原样模仿，一人一狸轮流发出“啪嗒啪嗒”的声音直到天亮。早上他出门一看，外面躺着一具大狸的尸体。这个大荷场只有他一户人家，加上藤兵卫是个单身汉，因此也有人暗地里讽刺，说他只能跟狸搭伴儿喊来喊去地过日子。

夏季的祈雨仪式过后，凤来寺内院一到夜里就会出现同样的笛声与太鼓声。当地人认为这并非狸，而是天狗的把戏。而在下雨的夜里，若听到“啪嗒啪嗒”的响声，一定是狸在打腹鼓。在这样的夜晚登上山坡，会发现周边四处都有“啪嗒啪嗒”的声音。

十、漆黑的灯笼

一提到狸，就会想起很多变身的故事。

钱龟（东乡村大字出泽字钱龟）的行者下一带附近，常有狸出现恫吓路人的传言。该地县道沿线只有几户人家，都在竹林背后，光照条件较差。其中有个居酒屋，住在附近的人都爱去那里喝酒。深夜时分，就连隔着溪谷的我家，也能听到那里传出的醉汉的歌声。

距离那一带村民聚落一町左右的地方，就是过去的村界。路边岩石上长着棵香榧一类的大树，树荫投在地面，树根处有座修行者的石像。这里也同时供奉着马头观音、六地藏一类的神佛，道路之下便是寒峡川的湍流，视野绝佳。

下面的内容，是一位尚在人间的老爷子四十五六岁时候的遭遇。那天夜里，他经过此地，发现前方出现了一只漆黑的灯笼。当他与那灯笼擦肩而过时，无意中瞥了眼提灯人的脸，是个满头白发的老太太。但这老太太他从未见过，想了想，他又回头想再确认一番，然而转眼间，老太太和灯笼都消失不见了。当时他吓得汗毛倒竖，瑟瑟发抖。没一会儿，前方又出现了一头兽，伸展着身体横躺在路中央，看着像狗，又像狐或狸，具体是什么不得而知。奇特的是，它明明体型不算大，却把整条路都堵住了。男人不敢贸然从它身上跨过去，只好暂时呆立不动，思索着该怎么办，最后走到那兽的尾巴附近，从那里的空当穿了过去。接着，四周突然变得伸手不见五指，他再也无法前行一步。如果稍有行差踏错，很可能会掉下另一面的悬崖。男人没办法了，只好壮着胆子原地蹲下，从腰间掏出烟盒，抽起烟来。其间，他有一搭没一搭地看着前方，感觉那里有个白色的东西，朦朦胧胧看不太清。凝神细辨，才认出是路尽头的街道。此时抬头望天，星子骤然放出亮光，远山映入眼帘，河流的声响也传入耳中。他怀着一种黎明将至的心情回到家中，之后再也没出现什么怪事。

大约二十年前，还发生过一件事，有人说是狸的恶作剧，也有人说是幽灵作祟。因为有人在那地方看到了村里已经去世的人，还有人遇到一位九十多岁、已不在人世的老婆婆拄着拐杖出现在那里。思来想去，要说这是狸的恶作剧，恐怕冤枉它们了。但另一方面，离这里不远的藤生峰的狸，似乎确实会偶尔出现在数町以外、算桥一带的竹林中。

算桥是个小部落，总共只有两户人家，路边都是田圃。据说那里也有变身为老婆婆的狸出没。一天晚上，出泽有位飞脚行经此地，看见前方有个老婆婆。虽然夜色深沉，老婆婆身上那件和服的条纹却纤毫毕现。她走到泷川的河头、大荷场川的桥边时，就跳入河中不见了。

还有一个可以确定不是狸的故事。从前有个受雇运输石子的女人，从筏子上掉进这里的水潭淹死了。后来，不时会有人看到她慌慌张张地沿着小路朝田圃方向跑来，身上穿的还是落水时的衣裳。人们都说她留下了一个尚在吃奶的孩子，真是可怜；又或是因此，才有人见到了女人的幻影也未可知。她出现的场所也是前面提到的那个地方。

十一、狸变锄头

在我五六岁的时候，大路上有个开茶店的老婆婆。某个雨夜，她从追分赶回家的途中，经过北山皇家森林的土桥，一不留神掉进桥下的山谷摔死了。老婆婆好像叫“阿清婆”，据说做生意存了些钱，死的时候还撑着伞。有人说是狐狸把她推下去的，也有人认为是那附近盗人坂的狸干的。

盗人坂位于追分村外。究竟为何会得了这么个名称，已无人知晓。离开追分村前往幽暗的北山皇家森林，途中曾有一条沿山崖环绕的险峻坡道，那就是盗人坂，如今已经改修成公路了。过去偶有脚夫掉落崖下丧命，即使没有狸出没，这地方也着实可怕。黄昏时分经过此地，一定会遇上恶作剧的狸。据说村里有个男人日暮时途经这里，天色尚未完全变暗，依稀能看清人脸，他发现前方道路中央站着个彪悍的汉子，路被他堵住了，怎么都绕不过去。一般人遇到这种情况，大都会逃跑，但他是个血气方刚的烈性男儿，一边说着“你这家伙”，一边用尽全力去推大汉的胸膛。接着，大汉消失了，有什么东西“哐当”一声倒在地上。他回过神来，看了看脚下，发现一把锄头躺在地面。大概是谁落在这里，被狸捡去，用来幻化诓人了吧。

盗人坂不复存在之后的明治四十年左右，追分的某人到别的村子帮人插秧，回村时，在那附近看到一个奇怪的人影走在前方，也不知是从哪儿出现的。男人正觉得奇怪，却见那影子离开树林后就停下来一动不动了。他更觉诡异，也停在原地观望。很快，奇怪的影子开始朝山的方向移动，最后贴在了山崖上。男人见状，终于又迈开步子。经过山崖时一看，人影模样的东西已经不见了，只有一团黑乎乎的印子留在那儿，也不知刚才是不是他的错觉。当时也正值日落后尚能看清人脸的微暗时分，恰巧后方有人接近，男人便问他是否看到了什么，对方表示向来察觉不到那些怪东西，男人便觉得是自己看错了。当然，这个故事并不意味着是狸或别的东西在作怪。

如今，盗人坂的狸早就被猎杀一空，再也不曾出没了。村里的猎人很早以前就把狸煮来吃过，据说都是老狸，肉质很硬，一点儿也不好吃。肉质硬且难吃，是退治老狸这类故事的标配形容。一般都是说，在某某地猎到了一头狸，煮来吃了，却发现难吃得要死。

十二、是狸还是水獭？

某个地方有狸出没，并不一定意味着它栖息于此。出现在我们村头外的狸，一般被认为是从附近连绵的仓木山上跑下来的。虽然没听过它们变身戏弄人的传言，但据说也会经常弄出很大的动静，吓唬路过的行人。

村外紧靠大道的地方，有一棵红松名为“张切松”，枝干像蛇一样，悠闲地覆盖在大道顶端。树旁并排立着马头观音、道祖神①一类的石像，道路下方有个祭祀辩财天的小池塘。夏季求雨便是在此处进行。曾经有个男人深夜赶路经过这里，听到激烈的声响，像是有人挑了担竹子丢在自己脚下。男人吓得立刻往回跑，当晚借住在我家。

一个木匠曾在黄昏时分带着两个学徒行经此处，看到一只纯白的兽从张切松上跳了下来。接着便是地崩山摧般的声响。无论谁打这里经过，都会后颈发凉，惊吓不止。据说村里有个财主因为天黑以后无法顺利通过此地，甚至一辈子都没能离开这里。不仅仅是村里人，外地人也觉得这地方邪门儿得紧。从我收集到的情况来看，在这里受到惊吓的人，都听到过一种巨大的声响。也有人猜测那不是狸，而是水獭弄出的动静。因为从辩财天池往山下走一段路，就是寒峡川的鹈颈渊。也许是水獭们从这里爬上山玩耍，听到有人接近时，被吓得跳入池中；而它们入水的声响，大概就是让路人吓一跳的怪声。

不管怎么说，这里都是个叫人害怕的地方。曾经有

① 道祖神：放在村境、山口、路口等地，用来抵御灾祸或恶灵的神像。

个男人在日暮时经过此地，发现道旁的石头上坐了个人。他走近去看，却连那人是男是女、面朝前还是面朝后都无法分清。

不仅是这里，任何地方大都是黄昏时分比深夜更显诡异。在尚能模糊分辨人脸的时刻，好像总会发生很多不可思议的事情。

十三、化作女孩的狸

凤来寺村门谷的高德山里，有伐木工人住在山中小屋的时候，遇上了这样的事。据说当时有三个人一同暂住在小屋里，一天晚上，其中一个人下了山，去门谷与相熟的女子幽会。第二天晚上，三人坐在炉边，突然有人撩开小屋的门帘，把头探了进来。大家一看，是个年轻女子，还正好是前晚下山那人幽会的对象。只见她嘿嘿笑着看了过来，三人心中讶异，很快就察觉到，是狸在作怪，于是半开玩笑地逗弄她，问："你从哪里来呀?"女子回答："我从门谷的田町来。"男人们又问："是田町的哪家啊?"女子便嘿嘿笑着不再说话。当时，他们正好在烤鸽子吃，有人拿出一串问她："你吃吗?"

女子默默接过去，吃完就离开了。第二晚，那女子又来了。第三晚，伐木工人们在屋外的入口处放了鸽子肉作诱饵，又在旁边设了捕兽夹。翌日早上出门，便看见一只老狸踩中捕兽夹死在那儿了。打那以后，女子也再未出现。后来，他们把狸煮着吃了，不出意料，肉是又硬又难吃。

凤来寺村的长良村外有一座土桥，出没在那里的狸虽然没化作女孩模样，但据说也是踩中了猎人的捕兽夹，之后便不复出现。此前，它时而在山崖上朝人扔沙子，时而变成石头地藏，给过路人使绊子。

狸变身为石地藏的例子还有不少。与其说是变身，不如说是利用。从出泽村出发前往谷下的途中，要翻越一座山，山里供奉着名叫“村雀”的神明，神位旁有座名为“冠钵地藏”的石像。据说狸有时会变成这座地藏的模样，吓唬过路人。一个月夜，村里有个姓关原的人途经此地，发现地藏在咯咯大笑。他因为早有心理准备，立即拔出腰间的刀劈了过去，劈完转身就跑。第二天早上到那儿一看，石地藏的身体被劈成了两半。至今，它也保持着裂为两半的模样站在那里。打那以后，就再也没出现过地藏现身的传闻了。

也有人说，那不是狸的把戏，而是地藏自己在作祟。但地藏不可能真的现身坦白，所以事实究竟如何，我们也无从知晓。

十四、狸怪与年轻人

据说，我们村子的池代大洼里，栖息着一只老狸，它时常到附近深泽的桥上，恫吓路过的行人。那座桥刚好架在村子正中央的山谷上，将村民分隔为上下两组。大约二十年前，一个住在桥边的男人深夜里独自回家，看到一个和尚凭靠在桥上的栏杆旁。和尚在男人眼前越变越大，吓得男人落荒而逃。

大约五十年前，村里有个人晚上路过这里，因为受到狸的惊吓，竟然很快就死了。当时天刚擦黑，这人面无血色地冲进桥边一户人家，大喊一声，便栽倒在入口处的素土地面，一看就是撞见邪物了，此后也没再清醒过来。那天晚上，他就借住在这户人家中，翌日被送回自己家，听说过了四五日就咽气了。据闻，他卧病期间，口中不断说着“好可怕、好可怕”，但究竟遇到了什么样的怪物，他家里人全都闭口不谈，外人也无从知晓。这个年轻人才二十左右，为人诚实正直，好像是要到下面村子去找相好的女人，不幸在路上撞见了怪物。

我在《三州横山话》里提到过一则杀死老太太、将其尸体带入山中的故事，其始作俑者同样是狸。深泽的桥上据说还有白鼬出没。也有人说在那里看到过幽灵。有件新近发生的事，说那附近有户人家操办葬礼，黄昏时分，村里人在这桥上来来往往，有个人走到桥边，看见河堤上倚着个男人正往这边看，过桥后再回头，男人就消失了。想来应该是幽灵吧。人们还因此引发了骚动。

离开村子去往长篠的途中，要经过马崩的森林，那地方树木茂密，距离村子的田圃有三四町，大白天也给人一种阴森之感。从此地一直到长篠村的入口，都是绵延在山脚的密林，据说林中也有邪恶的狐狸，时常惊吓过路人。也有人说不仅有狐狸，还有狼，总之，那地方很不安全。我自己打那儿经过的时候，也有类似的感觉。黄昏时分，从尚且明亮的田间小道步入那片幽暗的森林，简直像是要进入阴曹地府似的，心情也跟着抑郁起来。相反，若是走出那片幽暗的森林，来到田间小道，整个人都会放松下来。在那片森林里行走，会有种身后有人拽你的感觉，恐怖极了。或许是因为这个，住在农田最前面的一户人家，不时会在深夜听到有人敲门，开门一看，往往是某个被吓得面色苍白的男人。

有个男人曾在黄昏时经过森林前，远远望见百米开外，有只狸拖着粗大的尾巴在道路中央转圈。接着，狸往小路下面一跳，又变成一个女子爬了上来。这种故事也时常与狐有关。又有一位修验道的行者，深夜独自来到这林子附近，发现道路尽头有个男人，用圆点花纹扎染的手绢挡着脸，一边哼歌一边行走。行者心生诧异，便默念起九字真言[①]。“最后，”行者一脸严肃地说，“那怪男人跳进道路下的池塘消失了。”

下面是我从祖母那儿听来的事。据说在我父亲小的时候，祖母带着他经过那片森林，在林子中央遇见过某种奇怪的东西。想来大概是狸在恶作剧吧。但他们究竟见到了什么，我试图进一步打听，却没能得到回应。

十五、墓碑上的新鲜人头

狸出没的地点大都不谋而合，是在村子外围或村界附近。值得注意的是，这类地方往往也供奉着道祖神或六地藏。下面这个故事就发生在这类场所。

---

① 九字真言：日本阴阳家、密教僧人和修验道行者用以护身的秘咒。九字内容为“临兵斗者皆阵列在前”。

长篠的医王寺附近有座乘越山，从前便以栖息着老狸而闻名。这座山的峰顶正好是水上部落与长篠本乡[①]的分界处，道路在此分为三条岔道。据说黄昏时分经过此处，会在路上看到脏污的袋状物，此时千万不能去捡，否则就会遭到狸的戏弄。路旁有参天的古木，亦有石地藏镇守。

曾有一群住在附近的年轻人在山脚下发现一个狸洞，就去挖着玩儿。接着来了个医王寺的和尚，说了句“大家辛苦”之后飘然离去。人们说，那和尚其实就是洞穴的主人狸变的，它不知何时从另一条暗道跑了出去，还把众人逗弄了一番。又或是某一日天气晴朗，突然来了一阵雨，一群人冒雨挖洞，浑身都湿透了，此时有个撑伞的和尚经过，在一旁嘲笑他们。村里有个人煞有其事地表示自己当时刚好在场，以上便是他讲的内容。

我的祖父经历过这样一件事。有一天，他从长篠本乡出发，在黄昏时分刚好经过前面说的岔道口，大概是在这里走错了道，往医王寺方向下山后，不知不觉竟离目的地越来越远。发现走错路的时候，他已经进了山脚一个村子的坟场。面前是新修的坟墓，崭新的墓碑旁挂着白纸灯笼。仔细一看，墓碑顶端插着颗新鲜的男人头颅，正睁着眼朝他窃笑。祖父平日就是个胆大豪勇之人，

① 此处的本乡并非地名，是指最早开辟的村落中心地。

见状立即明白是狸的恶作剧，抛下一句“我才懒得理你”，便头也不回地走出了坟场。一直走到他到家，中途也没发生任何怪事。据说祖父年轻时多次讲起这个故事，我是从他妹妹口中听说的。

乘越山顶峰附近的部落里，不时有人在日暮时分被狸骗进山中。此外，黄昏时经过岔道附近，还会听到不知从何处传来的声音，喊着“背我呀，背我呀”。有天晚上，内金的一位泥瓦匠越过山顶，朝医王寺方向前进时，突然听到黑暗中传来“背我呀”的声音，接着，背上像是多了什么重物似的，变得十分沉重。泥瓦匠吓得拔腿就跑，一直跑到医王寺有灯光的地方，背上的重量才骤然消失。

也有人认为，这一带的狸早就被猎人们杀光了，后来出现的狸，都是从山脚的吉村过来的。要是问他们“真的吗”，他们会说，那些狸至今依然不时出没，诓骗路过的行人。要是再问，“那之前被猎人杀死的不是这些狸吗”，他们又会给出新的说法。总之，相关的传言不会轻易断绝。

据闻，位于长篠本乡与内金的村界处的施所桥上，夜里会有狸幻化现身。比如，在雨夜里撑伞走在桥上的男人无意中回头，竟是个长着三只眼的大光头。又比如，一个男人深夜里经过此处，看见有个倚靠在桥上的男人忽然跳入河中。不过，这座桥周边并非荒无人烟，桥畔就有人居住，距离传说中狸出没的场所，仅有五到七间距离。由此可以推测，狸出现的地方未必都是人迹罕至之处。

十六、身着绯衣的狸

在三河的伊良胡岬正中央，赤羽根与伊良胡村的交界处，耸立着一座岬中最高的山——越户大山。

距离此地较近的大久保谷，自古以来便有邪恶的狸栖息于此的传说。据说在距今不远的时期，山脚的居民只要一大早进山劳作，就一定会迷失方向。不止村里人，旅行商人等路过此地，也会完全失去方向感。此外，还曾有参加葬礼归来的和尚与小沙弥二人在日暮时分进山，之后便音讯全无。之后的某一天，失踪者随身携带的手绢被人发现挂在山中的树枝上，上面还沾着血。由此，人们对栖息在山里的东西产生了怀疑。村里人经过商讨后决定上山寻找，其中一队人进入大久保的深山后，在一处无人知晓的岩窟深处发现一个狸洞，洞外还散落着此前失踪者的一只鞋子。人们终于意识到这个洞有古怪，便在洞穴周围竖起栅栏，开始往里挖掘。这洞深得吓人，他们连续挖了三天才挖到底。洞内面积有八叠大小，最深处还有一块较高的平台。仔细一看，一只身着绯衣的大狸端坐其上，正斜眼打量着嘈杂的人群。村里人乍一看见狸，十分惊讶，但很快就扑上去把狸杀死了。据说狸也是一副死心的模样，束手就擒，完全没有挣扎。它旁边有一堆衣物、骨头之类的东西，都是至今为止被它吃掉的失踪者残留下的。而狸身上那件绯色衣衫，似乎是那个从葬礼归来的和尚所有之物。自从消灭了这只狸，大久保山就再也没出现过类似的祸事了。这个故事是丰桥町的一位老婆婆告诉我的，她是从当地人口中听说的。据我所知，别处的狸虽未着绯衣，但也有杀人而食的传闻。在我小的时候，要问狐与狸哪个更加可怕，答案是二者都可怕，因为它们都会吃人。当时曾听说八名郡的乌原山中，也有人成了狸的盘中餐。

传说里，狸除了吃人，还会诱拐女人当它的老婆。宝饭郡八幡村的千两曾发生过这样的事。一户人家的女儿离家后就失踪了，大家四处搜寻，狸却附身于这家人近邻里的一位病人，说自己把女孩带走当老婆了，言语间不小心透露了地点在村子西北方向的本宫山深处。于是，这家人雇人前去搜山，最终在一块险峻的山岩背阴处发现了女孩。她被藏匿在一个能遮风挡雨的好位置。家里人后来询问女孩，她表示并未看见什么狸，但不时有谁会带来一些树木果实和水果给她吃。据说这女孩平日就有些呆呆傻傻。这是我十二三岁左右，从隔壁木挽村听来的故事。

十七、招狸仙

从前，村子里五六个年轻人聚在一起，为了打发时间，会玩诸如“狐狗狸”“西京鼠”之类招引狐或狸附身的游戏。其中，最早消亡的要数招狸仙，虽然后来很少有人再玩了，但因为方法并不复杂，偶尔还是有人会这么做，也算流行过一时。

招狸仙的步骤大概是这样，先让一个人把眼睛蒙起来，拿一些白纸在手上代替币帛，以上内容与召唤其他神鬼或狐仙的步骤无异，但接下来要念的咒文却有些不同，且记录如下：

天涌　地动

浅山近山　羽黑权现

大明神

显灵吧　招它来　显灵吧　招它来

咒文只有这几句，但要一直反复念到招来狸仙为止。狸仙上身前后，念咒者会出现以下反应：先是脸色变得苍白，呼吸开始急促，接着脸色又慢慢变红，直到通红；再往后，整个身体剧烈抖动，坐着也像是要跳起来。此时，说明狸仙正在急速赶来的途中。过了这一阵，念咒者的脸色会再次由深变浅，直到恢复苍白，身体也像瘫软似的缩成一小团。这时候，意味着狸仙已经上了此人的身，其他人可以开始提问了。当然，上述都是村里年轻人常用的方法，据说行旅的修行者施行此法时，所念咒文与具体做法完全不同。

将请来的狸仙送走时，要在被附身者背上写“犬”字，最后的那一点越用力越好。若是在这个步骤上偷懒，或让蒙眼睛的手绢不小心掉落，可能会导致招来的狸仙转移到附近的小孩或老人身上。有位老人曾说，他玩过这个游戏后，狸仙好像附身到了他家孩子身上，孩子开始每晚啼哭，叫人束手无策。抱着的时候还好，一旦放回床上，小孩儿的身体便会突然僵直，嚎啕大哭。他只好与老婆交换着哄孩子，夜夜如此，直到天明。有时候连在家里也待不住，只好把孩子抱去外面，一边摇晃一边走。这时候，他无比后悔之前招了狸仙，走着走着，甚至会跟孩子一起哭起来。其间，他们也试过很多驱魔的方法，无论是把短刀藏在枕边，还是把神社求来的符咒压在被子下面，都没有任何效果。后来，他忽然想起家里有用狼下颚骨做成的吊坠，于是翻出来塞在被子下面，神奇的是，孩子当晚就不再哭闹了。据说从前有不少人会将狼的下颚骨风干后做成坠子，戴在身上用以除魔。我也曾见过在狼下颚骨内侧涂上红漆，将其坠在腰间的人。

在招狸仙游戏盛行的时期，似乎很容易就能使其附身于人；而当它不再流行后，人们也很难再招来狸仙。“狐狗狸”也一样。这类游戏盛行之时，据说有人心血来潮，将三根筷子绑在一起，立在桌面，上面放个盘子，接着念起咒文。步骤虽然简单，但听闻它真的会在食案上歪歪扭扭地动起来。也有老人郑重其事地说：“那时候，周围说不定到处都是狸仙，专门等着人召唤。”

十八、狸的印笼

狸授予福分给人类的故事虽然极少，但确有流传。长篠村的富荣大字富贵字有户人家，收藏着据说是一只云游四方的狸所赠的印笼。云游四方的狸，听来有些奇怪，想来应该是狸化作僧侣四处行旅吧。因为有了这个印笼，这户人家得以长久繁荣，也是因此，这个只有三四户的部落才得名“富贵”。那个印笼辗转至今，已被附近村子里一户有钱人家秘密收藏。可见，那户世代富裕的家庭渐渐衰落也不无原因。那个印笼，我也曾偶然得见一眼。黑漆的表面上绘有粗糙的斑纹泥金画，可惜的是，盖子很久以前就遗失了，遍寻不着。在我印象里，那印笼并没有什么特征能令人联想到是狸赠送的。

但奇怪的是，关于这个印笼还有一种传说，认为它是柳生十兵卫[①]的所有物，在其修行武术时遗失因而流传下来。柳生的剑术与狸看似没有任何关联，也不知该说法因何而来。

从大路向山行，有一户人家的房子修在古老禅寺正福寺的门前。这家人的上一代还是村里最有钱的财主，也是村子的开拓者。据说他们家收藏着传说中的文福茶釜[②]，是持有者的祖辈在很久以前从正福寺的和尚那儿得来的，因为有了这个茶釜，家族才能福运绵延。但据我所知，本地并没有类似文福茶釜中的狸的相关传闻，

---

① 柳生十兵卫（1607—1650）：江户时代初期的剑客。

② 文福茶釜：日本流传很广的民间传说，具体内容各地略有不同。大致是讲一只狸为了帮助一对贫穷的老夫妻，变成一只茶釜被卖给寺庙里的和尚，和尚用力清洗茶釜后架在火上煮茶，狸因太痛而叫出声，因太烫而显出原形逃跑的故事。“文福”［ぶんぶく（bunbuku）］取自茶釜中水沸腾时的声音。也有的地方将其归为报恩谭的一种，传说构造与对象也有所不同，例如关敬吾收集的岩手县上闭伊郡的民话中，老夫妇先救了被小孩子折磨的狐，狐化作茶釜被卖去寺院，此后又先后变作美女与骏马，以出卖自己的方式为老夫妇赚取钱财，以此报恩。

这个正福寺里也不曾有过狸变的和尚。不知不觉说得有些绕了，但在另一个故事里，该茶釜曾是天正时期长篠城城主的所有物，因改朝换代而遗失，后辗转落入这家人手中，由此或可推测，他们家的祖先曾是武士。

大约十年前，为了亲眼看一看那个茶釜，我特意去拜访了那户人家。在从前的房屋遗址旁，有一间小小的茅屋，里面住了个五十岁上下、面色阴沉的女人，她将事情来由详细地讲给我听了。说那茶釜二十年前还架在这里的炉上使用，但如今已不在家中。其实更早以前，茶釜的盖子和把手就已经不是原装的了。因为他们曾把茶釜借给一位焊锅匠，拿回来的时候，盖子和把手都没了。此后，釜把手就用普通的金属丝来代替。再往后，这家人接连遭遇不幸，没过几代，茶釜也被亲戚拿走了。女人告诉我，那茶釜眼下应该在某某人家中，可以帮我招呼一声，让我自行前往。从她的描述中得知，茶釜是由泛红的铁铸成，远看像陶器，一侧有个铁壶嘴儿似的开口，自开口处伸出一个鹿角形的三叉脚。作为茶釜，风格着实奇特。

女人一边偷偷抹泪一边说："只有那个茶釜，是当时家中唯一重要的东西了，说什么也不该转手他人啊。"我闻言也不禁悲从心来。此后，她还向我倾诉了许多可叹之事，比如家里还有些来历惊人的挂件等也都悉数散佚，我听完才离开。后来才知道，那个如今收藏着茶釜的亲戚家的男人，曾带着茶釜多方辗转，从丰桥一直到了名古屋、东京，其实只是为了卖个好价钱，但最终没能如愿，只好将其带回，放在家中。这样看来，传说中的文福茶釜重回炉上、变回普通茶釜也不无可能。

十九、古茶釜的故事

前面提到了文福茶釜，接下来再讲一个与狸没有直接关系、仅仅是挂在农家火炉上的茶釜的故事。如果这则故事能引出关于狸的联想，也算是意料之外的收获了。

我所在的村落周边使用的茶釜，据说大都来源于宝饭郡的铁铺。茶釜形似枣形茶罐，底部有三个突起，釜肩部分有把手。与之相对，另一种中段鼓起、带有拉环的圆形茶釜才被称作“文福茶釜”。使用文福茶釜的家庭很少，或许是因为它无法挂在地炉上，用起来太麻烦。

前文中多次提及的追分村中根某的家里，有个比他们家历史更久远的古茶釜。外形虽是普通的微圆形状，名气却不小，乃天正时代“天下三大茶釜”之一。近来，听闻这家主人偶尔会心血来潮，将这茶釜拿到水槽里清洗打磨，还兀自认定，会有人愿出三百两左右来求购。不过，这茶釜至今还架在他家的炉子上。

我家附近也有户人家，自称收藏了一个年代悠久的茶釜。据说有个货郎经过他家时，看见炉子上的茶釜，表示愿意出五两高价收购。此后，这家人便很珍惜这茶釜。实际一见，它并没有什么奇特之处，与一般茶釜的区别在于底部没有突起物。

长篠村西组有一户姓赤尾的人家，生活虽不富裕，但好像是长篠合战时代沿袭下来的世家。据说这家炉子上的茶釜是战争时期所使用的“阵茶釜”，形制极小，一看就不寻常。茶釜相安无事地在赤尾家留存了很长一段时间，但后来，这家人遭遇不幸，移居到一处逼仄的住所，茶釜也被附近医王寺的和尚相中，想方设法地说服主人将其转手于他。最终，茶釜作为赤尾家缴纳永代供养金的代偿，被寺庙取走了。和尚将其纳入寺院原本藏有的长篠之役遗物中，十分珍重地用它烧水给香客泡茶。然而，在明治三十几年，医王寺发生了火灾，茶釜也被烧得面目全非。我曾听茶釜原本的主人私下里感叹，刚给了寺庙没多久就发生那样的事，真是可惜啊。

住在长篠村仓库群附近的林某家中，也有个罕见的古老茶釜。据说这家人在整理家财时，把茶釜卖给了某人，那人后来便获得了意外之财。林某的家族也颇有历史，似乎是曾经参与长篠合战的勇士的后裔。

另外，八名郡吉田村的新户，也有个人自称藏有一个古茶釜。乍一看，那茶釜个头虽然大得出奇，形状却并无特别之处。据说用这个茶釜烧水，水沸腾之时，茶釜会变红，还会散发奇妙的光泽。后来，主人把它放在壁龛处，用来插花了。

综上看来，拥有古茶釜的家族大都是历史悠久的世家，也都有逐渐衰落的趋势。当然，家族际遇的不如意，或许与茶釜不无关系，但要说茶釜与家族福运之间有何具体关联，实际也并没有类似的传言。我从小就常听人说，茶釜中住着福神。拙作《三州横山话》中收录了一则传说，讲村中一位长者家的女人不小心用纺锤击中了茶釜，导致家中福神逃往别处，这个家族也很快没落。而今我进一步收集资料后，也渐渐感到福神将要露出它出人意料的真面目。

二十、世家及往事

凤来寺峰村有一户人家，不知建于多少代以前，历史非常悠久，如今已湮于尘埃。不知为何，从很久以前就有传闻说，他们家住着狸。虽然狸从未现身，但若夜里有客人来访，在炉边与主人交谈，屋子里便会不时出现奇怪的响声，炉火也会猛地变暗。接着，挂茶釜的吊钩上会垂下一根扫帚似的东西，据说那就是狸的尾巴。话虽如此，也没听说狸会做出什么性质恶劣的举动。有一次，这家的年轻家主听了邻居们的传言，对狸心生芥蒂，决定赶走它。他在炉子里堆满青杉叶，生火熏烤，很快，藏在屋子里的狸难以招架，开始用尾巴四处敲打墙壁，在天花板上到处逃窜。但最终，年轻人还是没能抓住它。不过打那以后，狸好像真的逃走了，他们家也再无怪事发生。也有人说那狸还在，但房子十几年前已被拆毁，狸想必也早就另投他处。

北设乐郡本乡的一个酒庄的仓库里，据说也藏着狸。因为常年偷酒喝，狸的腹部都变成了红色。还听说那个仓库被拆毁时，从里面逃出一大群狸。

在长篠城的遗址附近，寒峡川与三轮川汇流的地方，有个名叫“长盛舍”的货运仓库，很多人说那里也有狸栖身。虽然很久以前就被拆毁了，但听说那间仓库长得吓人，站在室内都看不到屋子两端。有人感叹，这种环境一看就会吸引狸前来。仓库里的狸有时会在周边出没，戏弄路过的人，有时会在仓库里大肆折腾，发出太鼓或笛子的响声，声音之大，据说隔着一条河的乘本、久间等地都能听得一清二楚。

不止这个仓库，一般而言，古旧空旷的建筑内，大都可能有狸出没。

到这里，与狸相关的素材也基本写完了，最后再讲一个八叠屋的民间故事作结。在我们听过的民间故事中，以狸为对象的除了“文福茶釜”“咔嚓咔嚓山①”等，还有个“狸睾丸八叠大②”的说法。印象中，这个故事有两种讲法，我小时候多次听人说起，遗憾的是，或许因为内容有些下流，当时不曾着意去记，如今也记不太清了。

从前有个地方住着个赌徒，不知从哪里得到一枚狸变的骰子。那骰子能变出男人心中所想的点数，正好合了他的心意，使他在赌场上无往不利。不仅如此，他还让狸变成各式各样的物品。有一次，他去邻居家参加婚礼，想送个礼，却不巧啥都没有。于是，他让狸变成

① 咔嚓咔嚓山：日本民间故事。大致内容如下：一对老夫妇时常被一只坏心的狸捉弄，狸在他们干农活儿时捣乱，糟蹋播完种的农田，还偷吃农作物。有一天，老头儿设陷阱捉住了狸，交给老奶奶炖汤，狸设计诓骗老奶奶放了它，还把老奶奶炖成汤，自己变作她的模样让老头儿喝汤，得逞后大笑离去。老头儿得知真相后，求助于附近的兔子，请兔子帮忙收拾坏心的狸。“咔嚓咔嚓”是兔子点燃狸背上柴火时发出的声音，狸问这声音是什么，兔子说“这里是咔嚓咔嚓山，自然会有咔嚓咔嚓的声音”，由此骗过狸，使其被火烧伤。兔子几次三番骗过了狸，最后让狸淹死在水中，为老奶奶报了仇。

② 原文为（狸の）きんたま八畳敷，原指狸的阴囊大，引申为大而广阔之意。

一条鲷鱼，狸果真照做，变成一条红鲷鱼。男人带着鱼到邻居家，受到了众人的赞誉。接着，人们把鲷鱼送到厨房的案板上，鱼却突然跳到地上逃走了。就这样，男人总是对狸提出无理的要求，狸终于厌烦了。辞别之际，它变成一间八叠大的屋子给男人看。男人着迷地环视铺满榻榻米的宽阔房屋，不小心把烟头落在了地上。霎时，只听“吱吱”的声音响起，屋子瞬间消失，只剩下赌徒一人坐在辽阔的原野里。

还有一个故事与之相似。一个小和尚在路上捡到一个皱巴巴的袋状物，摸起来很蓬松，又软又暖和。这个袋子跟前面提到的骰子一样，能听从小和尚的指示变成各种东西，最后，小和尚让它变一间八叠大的屋子，袋子立刻就变成一座宽敞的和式房屋。但屋子某处有个奇怪的束口，小和尚好奇地用针尖去戳，屋子立刻发出“吱吱”的声音，变回原本毛茸茸的袋状物，而且再也无法施展任何法术了。

二十一、狸的结局

关于村中狸的故事终于讲完了。住在村子周边森林或洼地里的狸，因为在与村民们比试互相呼唤的游戏中输了，于是四脚朝天、死在了屋檐下。其他老狸大都被猎人用枪击杀，或是被摔炮炸烂口腔而亡。

就这样，故事的结局往往很简单，无非是人把狸烹而食之，肉却硬得难以下咽。狸给人们留下了大量民间传说，最后却死得这般轻易，难免令人生出无常之感。既然如此，我最后再讲讲狸的另一种结局，不同于输了比试，或被猎枪打死，而是更符合狸性格的死法。

在明治三十多年，丰川铁路刚通到长篠的时候，住在川路胜乐寺森林里的狸的巢穴因铁路工程的推进遭到破坏。为了报复，它们在某个晚上变成火车头沿铁道奔跑，吓唬从另一边开过来的火车。一开始，火车的驾驶员也吓了一跳，慌慌张张地刹停了车辆；到了第二天晚上，即使对面的车辆拉响警笛，驾驶员也不再理会，继续往前开。下一秒，对面的火车头便“唰”地消失，只听“砰”的一声轻响，火车似乎碾过了什么东西，但并未受到影响。第二天早上，清理铁道的人前去查看，发现一只老狸被碾死在铁道上，就把它捡回去煮着吃了。那地方位于川路站和长篠站之间，山体被开凿得很彻底，这么看来，倒像真有其事。从那以后，胜乐寺的森林里就再也没出现过狸了。

神奇的是，在上述内容发生以前，我早就听过类似的传闻。事情发生在比川路更远的地方，据说是东海道刚开通火车的时期。宝饭郡的五油与蒲郡之间有个隧道，似乎有老狸变成火车，被碾死其中。究其原因，是由于狸的巢穴因修建隧道而被毁，狸想以牙还牙，而火车是铁路带来的第一份礼物，狸只能朝它撒气。然而，再厉害的狸也不可能胜过火车，狸的死虽令人感慨，但换个角度，对狸而言，火车这个敌人，或许比破坏了它们巢穴的隧道工程更为讨厌。而从结果上看，狸输掉了自己的性命。

另外还有一个与隧道有关的故事。明治初年，沿河从长篠的汤谷到牧原要经过一座山，有人凭借自己的力量开凿了一条隧道。但隧道的修建毁坏了山中狸的巢穴。为了发泄怒火，狸每晚都会在隧道中恶作剧，例如天黑以后，撑着伞站在隧道中段吓人。

虽然狸不会把路过隧道的行人当作报仇的对象，但若有人经过，它们便会跳起《太平乐》的舞蹈，让路人困惑不已。虽未听说过这里有狸被杀死的传闻，但近年来，人行道下又修起了火车隧道，保不准此后狸是否又会做出奇怪的举动，引来杀身之祸。也或许它们早已离开这里，找到另一片适宜生存的土地，我再没听到更多消息。

最后还有一个故事忘了说，但与前文中半死不活的狸无关。从横山往东，远江引佐郡的别所有座古寺名为本龙寺。一到夜里，就有狸出现在寺中的便所，对人恶作剧。有一次，住在寺里的姑娘去上厕所，被吓得脸色苍白地逃了回来。寺里的老太太前去查看时，发现一个满脸白须的老头儿蹲在便所里。这件事发生在明治初年，据说是有人从老太太本人口中听来的。除此之外，还有狸在便所外敲门的传闻。明明门外一个人也没有，门却发出“嘎吱”的响声，那一定是狸在作怪了。另外，山中小屋也常有类似的传闻，说狸会来敲便所的门，但二者之间是否有关系，就无从知晓了。不过，会搞这种恶作剧的狸大都是为了觅食，好像也并无恶意。也有人认为那不是狸，而是獾。

后 记

冬日里常出现这种天候，不同于炎热、易出汗的夏季，四周沉郁寂静，天色一派昏沉，分不清是晴还是阴。正是在这样的日子里，物体的轮廓变得清晰可见，甚至连远处山中的树叶也纤毫毕现。村庄在大大小小的群山环绕下，安静得仿佛沉在水底，等待着下一瞬间即将发生的事情。就是这种时刻，人的身体倦怠不已，血液也仿佛暂停流动，整个人从皮肤表面开始一点点模糊、溶解，融入周围的空气，渗入乡间的泥土。不知从何处而来的——或许是从世界尽头涌来的——细微的喧嚣之物，静静地朝你逼近。这种感觉一旦碰触到身体某处，人心便会立即品尝到一种异样的紧张感。我正发愁该如何形容这种感觉，却不留神吐出一句："就像追捕野猪一样。"凝神细听，仿佛真有"嚯咿嚯咿"的声音从远方传来。接着是猎犬尖锐的吠声。原来如此，好像真的有人在追捕野猪。很快，那些动静逐渐变得清晰起来，就像风正刮过山峰。

猎人追赶着野猪，翻山越岭朝这边来了。枪声响起，射箭的声音也不断传来，猎猪活动眼下正进行到白热化阶段。得知此事后，无论是在地里工作的农人，还是行走在路上的村民，都焦急得站坐难安，纷纷停下手里的工作，琢磨猎人和野猪到底在哪儿。甚至还有人漫无目的地出门乱逛，企图遇上猎猪人。野猪奔跑的情景，就这样鲜明地浮现在人们脑海中。

对村里人而言，关心猎猪不仅仅是出于兴趣，更是因为体内某处仍潜藏着某种强烈吸引他们的不具名之物。

这样看来，村民们对野兽的故事充满兴趣，爱听爱讲这类故事，也是理所当然。因为打猎的故事太过精彩，有人蹲在田坎里一听就是大半天，连工作也抛到脑后——这种例子层出不穷。

*

虽然本书把猪、鹿、狸与其他山中兽类的名字洋洋洒洒地列在一块儿，但关于兽类本身的内容却很少，这并非出自笔者本意。与兽类生态相关的内容不多，原因之一，是本书中列举的所有传说、故事，原本与《三州横山话》属于同类。因此，覆盖范围仅限以横山村为中心、向外辐射数里的地域。这些内容都是从当地土生土长的人们口中听来的。正因本书与《三山横山话》之间存在剪不断的联系，没能将两本书的内容归纳到一本，分门别类有条理地整理出来，实在叫人遗憾至极。

对我来说，横山是祖先世代居住的地方，也是生我养我的因缘之地。我自出生以来的十多年间一直生活在那里，几乎没离开过一步。无论是境遇还是情感，我都是个彻头彻尾的乡下人。毕竟我生在农家，在农村的规矩里长大，这也是理所当然。就连那些传说内容，我也跟村里人一样笃信不疑。自己至今仍保留着如此乡土气的一面，实在叫人吃惊。不过，本书中如果出现了一些不那么乡土的内容，是因为写作这本书的现下，我已在东京生活了十多年。因此，如果字里行间染上了城市人惯有的那种常识或批判色彩，实非笔者所愿。但这种情况也难以避免，因为在横山绽放的花朵，最终是在东京结出了小小的果实。

*

书中关于兽类的内容不多，另一个理由也源于资料收集得不够充分，但根本原因是，横山附近的土地已经很少出现这些兽类的足迹了。无论地势还是环境，这里都不再适于它们居住。即便过去它们曾大量栖息于此，也是在很久以前。到了近代①，这里不过只是一个偶然

① 日语中的“近代”，在日本史范畴里一般指明治维新后到太平洋战争结束前的时期。作者执笔此文的时间是大正年间，当是指明治维新以后。

留给它们的收容所。这样想来，实际情况与传闻内容或许也存在分歧。村人们认为，兽类是三四十年前才逐渐消失的，但事实上，这个间隔区间可能更加漫长。于是，这些故事就像火炉里即将炭化的碎木块儿，散发着最后的光芒；又或许，这是早已离开的兽类从远方传来的暗号。记录这一个又一个故事的过程中，我产生了上述心情。

当然，还有程度的问题。例如明治三十年左右，段户山中出现的数量庞大的鹿群，或许只是久远以前的传说的幻影；事实上，它们可能在很久以前就越过山峰，消失在浓雾深处。即使我的判断有误，传闻故事里对这一带状况的描述也不能完全令人信服。

还有一个原因，是横山的地势。这里虽是山村，却与外界交涉密切，人们太过忙碌，以至于无法再静静听完一个故事。又因为这里很早就通了火车，与兽类相关的故事，想必比兽类本身消亡得更早。

*

在横山境内纵贯东三河的丰川上游，距离远江国三四里的地方，有一个贫穷萧条的村子。从地理位置上看，村子位于西南方向的丰川下游地区与东北山地的交界处。进入东海道大道，沿丰川方向前行的七里路途，都在较为平坦的丘陵间穿行，但从这里开始，山突然变高了，道路时而深入山中，时而在山间蜿蜒，朝信浓方向延伸。接着往下便是所谓的北三河山区，亦即如今的北设乐郡，也是过去的振草乡。此地以段户山为首，包括月之御殿山、三濑明神山等在内，都是三河地区最具代表性的深山，文明之光尚未照进这里，当地人还相信着天狗、山男之类的传说。因此，靠山吃山的伐木人、樵夫等也时常出入山中。他们不断搬运着各种传闻故事，把这些故事往平原地区散播。我则是偶然拾捡起这些故事的其中一人。

人们相信，以野猪、鹿、狸为主的兽类大本营也在此处，因为村子挨着山脚，与兽类栖息地相连，兽类也会在其间出没。举例而言，就像农家的正门与后门，正门前是宽敞明亮的东海道大道，但绕到屋后，依然是从前那种深山风貌。横山村就处在这样一个反差强烈的环境之中。

不过，村人们当时以为的兽类大本营所在地，想必与今日存在相当的偏差。今年正月，我从北到南游历了从前的振草乡。在我所见范围之内，野猪和鹿等已经消失了二十年以上，如今，此地却反倒变成人们口中的野猪大本营。

事实上，我们从前一直信以为真的人与兽类世界的交集，在这里也早已断绝。如此看来，横山的野猪只是遗落在山阴的孤立族群，数量也极少。由此推测，一头兽的身影在不同地方、不同世代的人眼里成了不同的模样，也不无可能。

本书中收录的故事便是如此。是遗落在山阴的残影，也是本该早已不存在的传闻。因此，它们净是些毫无深意、轮廓模糊的事迹。此外，笔者叙述之时也在不厌其烦地提及这些故事究竟发生在哪一年、哪个地方，这不是啰嗦，而是因为这些故事诞生之时，就已无可避免地带有本地由来已久的传统特色。

*

不只是兽类，与野猪、鹿、狸有关的人类或家族故事也是如此。我无法保证每个故事都是准确无误的事实。例如凤来寺行者越那家人的故事，虽然发生在不久以前，但也已经衍生出了好几个版本。剑术高超的又藏老人大约死于明治年间，但对他的外貌描述也有两种版本。一种说他个子矮小，只有一只眼睛；一种认为并非如此，并以相反的外貌特征进行强调。据说他确实只有一只眼睛，另一只是大野町的某人在某地祭祀的射箭场上耍诈，用弓箭弄瞎的。这类问题尚不难处理，但又藏的身高明明只有四尺几寸，是个小个子男人，却也有人偏要说些没来由的话，称他体格高大健壮。这一来，听的人也不知道该相信什么了。从听故事者的心理出发，也必须考虑到事情的可信度，但如今却是无论如何也无法确认了。

笔者能做的，只有列举出讲述者的姓名、年龄，可能的话还有性格等等，以此作为某种参考。性格尚且不论，姓名和年龄虽不得不提，但很多情况下也写得很含糊。虽然其中大部分人我都明确知道是谁，但出于各种原因，必须隐去其真实身份。一方面是怕对讲述者的介绍会让故事变得冗长繁琐，一方面也是考虑到讲述者的心情。关于这点，十分抱歉，还请读者见谅。成为这类故事的主角，或许会让讲述者产生忧虑，怕被认识的人当作傻瓜。当然，并非所有人都会这么想，但笔者不得不将其考虑进去，因此不可避免地对很多人的身份做了模糊处理。

*

这本书面世之际，我首先想到了东京的一间屋子[①]。它位于山手区，被一大片栎树林包围着。那是一片高台上的住宅区，离护城河很近，虽处于东京市区内，却十分安静，连电车的声音也很难传入其中。屋外有个朝西

① 指柳田国男在市谷田町的住宅，也是乡土研究会成员的聚集地。

的庭院，坐在室内一角的椅子上，透过玻璃窗，能隐约瞧见覆满青苔的庭院泥土。院子中央有棵樱桃树突兀地伸展着枝丫，树对面有一株很老的吊钟花。庭院尽头是一面作为隔断、爬满石楠的高墙。如今想来，我也有好多年没去过那里了。每当去到那间屋子，我就会滔滔不绝地讲出一个又一个故事，那些故事不知不觉也积攒了许多。即便是尘土，堆积了如此可观的量，也会舍不得丢弃。这时候，有人问我能否将这些故事加以整理，我便下定决心，将之细分后记录下来。最后的成果，就是这本书。细细想来，写作它们也花了相当长的时间。其间，我见过樱桃花凋零、樱树结果又开花；见过石楠叶沐浴在阳光下，脉络清晰可辨。在雨夹雪的寒冷日子里，曾有一只迷路的虎鸫闯入院中，不断啄食青苔；烈日当空的炎热夏季，也曾有白猫静静漫步于院中的踏脚石间。

眼下回想起来，不免心生胆怯，我竟然没羞没臊地把横山地区的炉边故事一个个搬了出来。话说回来，那间屋子里，椅子前面的四角形火盆台，也算充当了“炉边”的角色。这样看来，作为讲述者的我，同时也是与主人相对而坐、忝列末座的客人。如果火盆台也有生命，或许会责备我讲的故事毫无张力，一点也不精彩。其间，挂在屋内横梁上的维新元勋所写的字幅，不知不觉变成了绘有横山群山的匾额。每思及此，真觉不可思议。

末座的客人听完故事，起身告辞离去，出门后才松了一口气。不知为何，他感到一种难以言喻、令他满身大汗的兴奋。室外的空中挂着都市的太阳，客人举步往电车站方向走去，途中意犹未尽地回味方才听到的故事，遥想着故事里的村庄。就这样，曾经亲身经历过那些故事的村人的面容，带着无忧无虑的眼神浮现在他心间。

那些人之中，有人讲完故事时已经双目通红、眼皮都哭肿。也有人约我见面细聊，提醒我工作再忙也不要忘记它们。有位女性将小时候听过的故事埋在心底几十年，直到被我问及才又回想起来。仅仅只是想起这些人的面容，我便理解了他们的心情；讲完故事的他们，想必就与现在的我相同吧。哪怕平时不会觉察到这些记忆的存在，但讲述它们的过程是幸福的。

那些人中，有的已经去世了。也有人讲过一次之后，就被工作和境遇驱赶着，或许再不曾记起那些过往。

如果放任不管，那些故事便会如泡沫般消失。从这个角度上看，这本小书也算是对那些人，对山阴最后的孤影的守望，是对悄无声息隐匿踪迹的野猪、鹿、狸们充满怀念的纪念，也是一座类似千头猪之冢的供养塔。虽然这座塔形制拙劣，建造之人也与其因缘尚浅，塔本身很可能永远埋没于山间野草之中，但作为有形之物，它终将永远留存下来吧。这么一想，哪怕这些故事会让主人生厌，或是让火盆台感到无趣，也是一种难得的缘分。因此，它不只属于我。在我身后，仿佛还有无数的人、无数的兽。那就让我代替身后的人与兽，向主座的主人献上最诚挚的感谢吧。

鸟的故事

一

我出生在东三河地区的一个贫寒村落，但离开村子时日已久，偶尔回去探访，发现家乡与从前相比，有了显著的变化。如今，每家每户的杂物间一角或茅厕旁边，都设有竹编或金属丝网围成的鸡舍。甚至还有人饲养安达拉或列谷红[①]等外国品种的鸡，而在三十年前，我小的时候，这些品种还连个影子都看不到。那时候的鸡都是放养的，每家至少有一对或三只，平时任它们在厨房和门外院子里自由来去。现在的人或许会觉得，只要通过别的途径赚钱买鸡蛋，就不用养那些到处拉屎、脏兮兮的鸡了。但在当时，这种观念尚不存在。

二

对农村人来说，只要有了家，生活上最不可或缺的就是鸡了。因此，与其说人们是在养鸡，不如说是与鸡一同生活。当时，我家里的鸡，品种都是自然而然决定好了的。那就是蓑曳鸡，因腰部垂着一圈蓑衣似的羽毛而得名。这种鸡体态纤细、羽毛金黄，十分漂亮。然而有一天，家里那只公的蓑曳鸡被老鹰抓走了，此后，我们再也没能找到与它美貌相当的鸡。父亲对此十分上心，几次三番招揽卖鸡的小贩到家里来，想重买一只作为弥补。可当他站在门口，有一搭没一搭地望着小贩带来的鸡啄食饲料，就发现里面并没有真正的纯种蓑曳鸡，想来都是蓑曳鸡与其他品种的杂交。

三

紧邻我家的一户人家，代代都养着小斗鸡。这种鸡肌肉紧实，鸡冠很硬。即使鸡群里的长辈老去，新一代的鸡代替了它们的位置，也会跟它们越长越像，几乎看不出差别。而且这家的鸡性格随主人，十分好强，吵起架来也很凶悍。外形倒确实漂亮。

越过一座山谷，有户人家养着倭鸡。这种鸡全身羽毛油光发亮，爪子呈白色，鸡冠特别红，整个姿态就像

---

① Andara（アンダラ）、Reguhon（レグホン）在原文中都以片假名的形式出现，是鸡的品种的外来语日文音译，暂未查到对应外语原名。故以日文发音为标准音译。

一幅画。那家人在厨房里堆了很多米袋子，倭鸡们时常成对在那里嬉戏，那场景也很漂亮。那家的老婆婆告诉我，因为是土鸡，所以爱待在素土地面[①]。这位老婆婆曾经拿着一张半纸[②]来找我，让我帮她画一对鸡，还说要用这幅画向荒神祈愿。当时，据说荒神大人最喜欢鸡趣图，而我的画就那样长久地贴在了她家那根漆黑的大黑柱上。

那时候，无论去村里哪户人家拜访，都能见到水彩画一般漂亮的鸡。氏神神社下面的一户人家中，还有一对毛色洁白的鸡。就这样，在村里人心中，鸡是一种外观美丽、叫声也动听的家禽。而当时的小孩子们也普遍认为，自家的鸡是全村最好的。

四

那时候，因为钟表还未在村里普及，如果没有鸡，就无法知晓一天的时刻。人们不时会听说，某家的鸡昨天被狐狸偷了，导致今天搞不清时间，出了大麻烦。或许是因为鸡人重要，所以当时的人都把鸡窝安置在厨房

① 日文里的“鸡”读作“にわとり”（niwatori），“素土地面”写作“土間”，此处读作“にわ”（niwa）。二者联系起来，“にわとり”就是“にわにいるとり”，“鸡”也可读作“とり”（tori），此处即指在素土地面上的鸡。

② 半纸：全张日本纸的一半，长24至26厘米，宽32至35厘米。

正对面的马厩上方。屋顶悬空挂着一根黑色的竿子供鸡停靠，下面挂着除粪的草席。人若是在夜里跨过大门进入厨房，便会看到马厩里的鸡在马的头顶朝你张望。一到早上，大门外晨光初露，公鸡就会急忙扑腾着飞下来，在厨房中央拍着翅膀，亮开嗓子打鸣。

当时的孩子都听过这样一个谜题：

早晨起床首先打扫厨房的是——谁？

答案就是公鸡。据说公鸡早上起来拍着翅膀打鸣，可以祓除这一天的魔障。年末进行扫尘时，也要取下鸡窝，把里面的粪便清扫干净，再换上新的吊绳。

五

鸡还被认为是一种美好的象征。过去曾有一位名气颇高的画家，受人所托画一幅世界上最美之物，画家答应下来，转头便流畅地作了这样一幅画：茅草屋顶，一只公鸡在打鸣。那人又请画家画出与此相反、世上最丑陋之物，画家挥毫而就的是茅厕屋顶，爬着一根南瓜藤。公鸡站在屋顶的画面之美，村人无不心生共鸣。有一次，我陪母亲去了趟邻村，看到村子地势最高处的那户人家，白壁的主屋房顶上站着只公鸡。母亲将它指给我看，当时还是孩子的我看得入了迷。这个村子把绑成十字形放在屋顶的木条叫作“矢筈”。

六

我曾听人说，鸡是神明的使者，但至今尚未有机会真正见识。小时候有个冬天，邻居招待我去泡澡，在轮番等待的时候，我们围坐在被炉四周，突然听到马厩上方的鸡叫了两声。当我惊讶地转头望向鸡窝之时，主人脸色大变，立刻站起身来，叫他老婆快把鸡弄下来。接着，他们就带着梯子过去，从鸡窝里把鸡抱了下来。在座的其他人都很不安，开始议论鸡在夜晚打鸣是否是某种不祥之兆。这家的长子立即点亮灯笼，跑去找村里的修验者。之后，女主人在容器里装了一升白米，恭敬地对着发愣的鸡一边行礼一边说：“感谢你给我们报信儿。”接着把米撒在鸡的面前。这会儿，去找修验者的长子还没有回来。

七

下面的内容或许有点怪异。我小时候觉得鸡喝水的动作很稀奇，还曾因模仿它们而被大人训斥过。我家主屋旁的厕所附近有一株南天竹，旁边有个石造的洗手池，上面长满了青苔。家里的鸡常常飞到池子上喝水。喝一口，便高高仰起头，嘴不停抖动着将水咽下去。我觉得非常好玩儿，有一次把手撑在洗手池上，也像鸡那样直接用嘴唇含一口水，仰起脸，不断嚅动着嘴把水吞下去。

村里人吆喝鸡的时候，使用的语言也很亲切。招呼它们的时候，嘴巴朝外尖尖凸起，一边“咯咯咯咯”地叫唤，一边伸出手掌。我也见过板着脸的老爷爷“咯咯咯”地唤鸡，如今回忆起来，仍觉得十分亲切和感服。与之相对，叫骂着驱赶鸡的时候，一定要发出“啵——”或“泼!”的声音，这是祖母教我的。还有“嘘”或“咻——”的叫法，但越是年老的人越不会用这两种。我经常大喊大叫地追逐鸡群，发出“哇”之类的吼声，结果被大人们批评。有一次，我正在大叫着驱赶家里的鸡，在廊檐上轧棉花的祖母见了，一脸莫可名状地笑了起来。那表情，像是觉得我已经无可救药了。

八

那时候，村人们对待鸡的态度和吆喝方式，似乎也正处在一个变化的节点上。在我远离家乡的时期，曾作为人们观赏对象的鸡，也开始变成了脏兮兮的生蛋机器。而最早这样对待鸡的，是村里那户养着黑色倭鸡的人家。

当时，他们养了一只交趾鸡[1]，体型肥硕得吓人，毛色灰扑扑的，脚上还长着毛，乍看根本不像鸡。如果用人类打比方的话，它就像是个来自遥远异乡的无赖汉，打鸣的声音也很难听，让人禁不住发笑。那时候，连孩子们都说，那样的鸡，生的蛋都嫌脏，根本吃不下去。而在当时，村里人若是出现轻微的肚子痛，都会吃一颗鸡蛋。

九

当时，我们这些少年人也听闻了关于本地鸡和外国鸡孰优孰劣的争论，大家经常在往返学校的途中讨论。有一天，我跟父亲相对而坐，聊起这个话题。据说村里有个长久卧病的财主，吃了交趾鸡的蛋毫无起色——无论那蛋有多大；而换成本地鸡的蛋以后，他连吃了三四天，即使静坐不动也感到自己手掌的脂肪变厚了。还有人说，吃了本地鸡产的蛋，走不到三步就能出现奇效。类似的传闻把本地鸡产的蛋视作灵丹妙药，给予高度赞美，实则也是因为把鸡蛋当药用的时日尚浅。所谓物以稀为贵。可没过多久，村里的家家户户都开始饲养外国鸡了。

---

① 交趾鸡：即“コーチン”，鸡的一个品种。原产中国。

十

饲养外国品种的鸡，首先要考虑的就是修建鸡舍。不同于体型纤细、食欲也低的本地鸡，外国鸡虽能生蛋，食欲却也十分旺盛。一旦养了外国鸡，屋子周围的麦田、菜地都会遭殃。因为这些鸡爱吃绿色的食物，即使是草也会啄个不停，因此招致了村民们的厌恶，只好修建鸡舍将其圈养起来。就这样，鸡舍也开始被称为“鸡厩”，即养鸡的厩。因为被养在鸡舍里，它们把自己弄得浑身脏兮兮也是没办法的事了。

十一

好像也就是在那个时期，住在河对岸的财主家开始衰败凋零，没多久就离开了原先气派的房子，搬到大道旁的一间石头屋里，做起了养鸡的生意。从职业发展来看，养鸡确实算是个潜力巨大的行当，但不管怎么说，这工作好像不太适合他们。此后，这家的男人时常用扁担挑着鸡笼，在村里家家户户门外游走。那时候，我姐姐得了肺病，他无比热心地建议我们喂她喝点本地鸡的鲜血，令我们异常震惊。我毛遂自荐，从鸡笼里抓出一只鸡，拿到厨房一角的案板上。因为家里人都不想目睹这一幕，就把入口处的纸拉门关了起来。我左手抱着鸡，把它的脖子按在案板上，右手取过柴刀，“啪”地砍下去。这一砍把我自己也吓一跳。接着，我迅速拿过一只碗，将汩汩流出的鲜血接在里面，端了出去。然而没有一个人愿意接手。最后，碗还是回到了我手中。因为不愿浪费，我只好一狠心一闭眼，将其一饮而尽。那味道很咸，久久留在舌尖不散。如今想来，真叫人不寒而栗。

十二

本地鸡就这样逐渐消失了。在这个时代，事物总在不断消亡。就连村里最后一户还养着本地鸡的我家，也不知何时开始饲养那种名为安达拉的黑鸡了。村里人的观念也发生了转变：既然要养鸡，就得养能生蛋的；养一整年只产几个蛋的本地鸡完全是浪费时间。大抵也是在这个时期，出现了一种名为“鸡蛋贩子”的职业。

虽说不再养鸡也是考虑到家里人都不在时，没人照料它们，可一旦没有鸡了，厨房的剩菜、剥落在地的谷物扔了又很可惜。老人们的这种想法不无道理，所以我们家又重新养了两三只。

就这样，鸡窝从马厩顶上迁移到杂物间或厕所旁，也在意料之中。人们养鸡不再是为了欣赏，只要鸡能生蛋，人就别无所求，因此鸡的叫声是否动听、模样是否好看，都不再受到重视。只要喂给它们大量的饲料，让它们尽可能多生蛋就行；而屁股又圆又大的鸡正好符合这种要求。因为圈养的鸡很脏，所以要把它们安置在不那么显眼的地方。自从村人们的养鸡观念发生变化，从追求花纹华丽、毛色鲜亮，变得只求实用、无所谓外貌，大家也开始变得懒惰，经常睡到日上三竿才起床。虽说这该归咎于时代的变迁，但在拥有清亮嗓音与美丽羽毛的本地鸡消失之后，村里人的生活在审美上确实大不如从前了。

十三

当我们把视线从家养鸡转移到野鸟之上时，又会感受到另一种显著的变化。从前，我家房子周边一带有很多的野鸽子。站在家门口，便能清晰地看到前方的麦田里散落着许多半圆形的阴影，像一个个皮球滚落其中。那都是野鸽们的胸脯。

当时，地里还没像现在这样大面积栽种桑树，四处都种着茶树。由冬入春时，鸽子们便会成群结队地飞来啄食茶树的果实，一群往往有二三十只。站在家附近的树林里，便能听到它们发狂般的叫声不绝于耳，就像近来频繁响起的汽笛声。如今，却极少再见到它们的踪影，偶然听到鸽子拍打翅膀的声音，我便会仰头注视良久。

十四

一到冬天，天亮时分，我家的山茶与金桂树上就有各种鸟类飞来，停在上面歇脚。有斑鸫，还有成群的鹎。有着美丽羽毛的樫鸟（又叫松鸦）也偶尔光临。还有鸣声婉转的大山雀、成双成对的山雀。绣眼鸟也会在一天之内出现好几对。冬日晴朗澄明的天空中，不时有一群绣眼鸟鸣叫着俯冲下来。此外，我家屋后有个山谷，谷中常有清水涌出，那里的山鸡每天早晚也必定会跑到我家门口。一旦有人接近，它们便跺脚发出“咚咚咚”的声音扑腾起来，有时也会在我家后门口的引水筒下嬉戏。如今想来，我几乎是在这群鸟的陪伴中长大成人的。

十五

数年前，我在东京郊外散步时，看到竹影中飞出一只小鸟，它一边“叽叽”叫着，一边落在旁边桐树的树梢上。那是我幼时经常见到的灰头鹀。如今再次得见旧友的身姿，我目不转睛地凝视着它，不禁开始回顾这些年忙碌奔波的生涯。小时候，我每天早上起床，到后门口的引水筒处洗脸时，首先映入眼帘的，就是地面上嬉戏的三四只灰头鹀。舀水的勺柄上还时常沾有它们的白色粪便。这种鸟乍看眼睛周围脏脏的，像睡眼惺忪的老太太，却莫名给人一种亲近感。白天，它们总是出现在仓库深处，或杂物间外的橘子地里。地里长着许多巨大的橘子树，繁茂的枝叶相交，把树根周边遮蔽在一片暗影里，灰头鹀们便在这阴影里玩耍。此外，屋前的茶田与构树地里也能发现它们的踪影。灰头鹀又叫蓬鹀或薮雀，总是“唧——唧——”鸣叫，声音清脆，带有金属质感。我第一次亲手制作一种名为“夹鸟头[①]”的捕鸟陷阱时，最先捉到的就是这种鸟。当时，我在自家附近的桑园里，利用桑树枝的弹性做了陷阱。傍晚去查看时，发现弹簧松开了，树枝也已弹回原处，于是心情激动地走过去一看，小鸟被死死地压在地面，还有一息尚存。我将它拿起来握在手中，感觉到它温暖的脉搏正在跳动，接着就捧着它去找母亲展示了。

十六

跟薮雀外形相似的，还有体型略大一些的黄道眉鹀。曾几何时，我见过几只黄道眉鹀在麦田里排成一行，边叫边往前走。我把茅草穗做的箭搭在弓上射出后，白色的箭矢掠过麦田上方，惊得它们齐齐飞走。后来，我

① 夹鸟头：早年日本乡间的一种比较残忍的捕鸟陷阱。用竹枝、木条、钓鱼线等为工具，利用弹簧原理设计的捕鸟装置。当小鸟走进陷阱装置内啄饵时，踩在一条横木上，便会启动装置，使上面的一根木条落下来夹住鸟头。

又在家门外的杉树林中发现了它们的巢穴，不禁感叹，真是太可爱了！

胸部为红色、背部黑色羽毛上点缀着纯白斑点的褐背鹟鵙，也时常两三只为一组，出现在我家附近。它们摆动尾巴时，会发出“咻——咻——咔嗒咔嗒”的声响。有一次，我在离家最远的一块茶田里放了个“夹鸟头”陷阱，但没几天就把它给忘了。等到想起来去查看的时候，发现一只中招的褐背鹟鵙躺在里面，像是被伯劳之类的鸟袭击过，背部皮肤破裂，露出内里红色的肉来。我拆掉陷阱，把它取出，但因为已经伤成这样了，我也无心带它回家，只好送去了朋友那儿。朋友的爷爷把鸟毛除掉后串起来烤了给我吃，我却毫无食欲。

十七

进山砍柴的时候，总有蓝尾巴根子[①]（红胁蓝尾鸲）飞来，静静待在附近。你若追赶，它也不会飞远，就像一位大叔。这是一种蓝色的鸟，每当我陪父母一起进山，都因为它们的存在而不觉无聊。虽然它们总在捕食树干里的虫子，但对我来说不止如此，它们更像是来陪我玩

① 原文为ばかったらし，直译即蠢蛋儿，但中文里这种鸟并无此种花名，故选了另一个较为诙谐口语化的译法。

儿的。

在“放屁老爷爷[①]”这则民间故事里，被老爷爷握在手里舔了舔，又吞进肚里的鸟儿，在人们口口相传中，渐渐地变成了这种蓝尾鸲。

十八

我曾隔着二三间的距离狙击过这种蓝尾巴根子。枪弹射出的同时，我明明看到它跳了一尺多高，走过去寻找时，却怎么也找不到了。小路的石头上还留有两三滴血迹，照理说它不可能逃远，但我在草丛里翻找了好几遍，仍是一无所获。原本我也只是半开玩笑地开枪，并没有什么特别的目的，但打中后找不到尸体，却叫人难以断念。然而，就在我终于准备放弃离开的时候，竟发现它躲在距离小路二尺开外的春兰的叶阴下。我毫不犹豫地抓起它，发现鸟的腹部沾满黏糊糊的血，但它还没死。我一时之间忘乎所以，使劲把它摔向地面，事后感

① 放屁老爷爷：日本民间故事。大致内容如下：一位老爷爷上山砍柴，不小心吞了一只小鸟进肚，肚脐眼里随之长出一根羽毛。老爷爷拔掉羽毛，放的屁便开始唱吉祥祝福之歌。他回到家，把事情经过讲给老奶奶听，还演示给她看，屁声果然又变成了歌。这件事被京中的将军知道了，命人带老爷爷前去表演给他看，老爷爷奉命前往，逗乐了将军，获得了很多赏赐。邻居家的坏心老头儿得知此事后，询问了老爷爷事情经过，并有样学样地进山抓了只小鸟吃掉，接着进京求见将军，说他放的屁也会唱歌。然而他没能放出唱歌的屁，却在殿上失态拉了屎，将军大怒，将其打入牢笼。故事的细节在不同地区略有不同。

到一阵恶寒。

十九

杂物间门口光线阴暗的地方，时常有鹪鸟（鹪鹩）出现，敏捷地在石臼和水瓮间低低飞过。这种鸟体型很小，羽毛颜色也不起眼，却是鹰属。它飞进巨猪耳朵里，最终打败猪的逸话也展现出其英勇的性格，比起学校老师教的课本知识，这类逸话更叫我铭感五内。

二十

从早上起床到夜里睡觉，我们所在的地方都有鸟类环绕，即使夜里出门，也能见到夜鹰（角鸮）在空中掠过。当时，孩子们的任务，就是在秋冬季节捕捉各种小鸟饲养。从黄道眉鹀到灰头鹀，只要是出现在附近的鸟，都要抓来养一养。但绣眼鸟、山雀一类的鸟，更适合年长一些的人。随着养鸟数量的增多，家里的鸟笼很快就不够用了。为了应急，我也用装挂面的空箱子做过鸟笼。在箱子一边并排插上竹条，其中放入三四只不同种类的鸟。一旦有人接近，鸟儿们便会在箱中拍打翅膀四处逃窜。当时，家家户户都有一两个这样的鸟箱，一般挂在向阳的木格套窗上。

冬夜里，我睡觉前总会想到这些鸟，担心它们是否会被冻着，于是把刚脱下还带着体温的和服短外褂轻轻搭在装鸟的箱子上。这种时刻，我会产生一种说不出的安心感。有一次，我养了很久的绣眼鸟不知怎么就逃跑了，我噙着眼泪追在它后面，但它再也没有回来。“断舌雀[①]”里老爷爷的心情，大概也和我一样吧。太阳落山后，四周渐渐变暗，鸟儿想必也是因为孤单，才会出现在吹口哨声的人附近，落在引水筒下的水箱边缘，一边饮水一边鸣叫。这时候，把敞开的鸟笼轻轻放在它旁边，鸟就会自己走进去。这一刻的喜悦真叫人久久难忘。还有一次，我早上起床，发现一只养了很久、已经驯熟的绣眼鸟仰面朝天死在了笼里的栖木之下，就把它带到田里一个无人踏足的角落里埋葬了。如今想来，那也是一种孩子气的供养。说是养了很久，实则不及一年。但在当时，把一只秋天捕到的鸟养到春天，确实会让人产生一种相当漫长的感觉。

---

① 断舌雀：日本民间故事。大致内容如下：一位善良的老爷爷救了一只受伤的麻雀，并把它养在家中。而他老婆是个贪心的老太太。有一天，老爷爷出门了，老太太因为被麻雀偷吃了糨糊而生气，把麻雀的舌头剪掉，并把它放回了山林。老爷爷回家后得知此事，因为担心麻雀而出门寻找，找到麻雀后，受到其家族的热情款待。离开前，麻雀们拿出一大一小两个箱子让老爷爷选一个带走，老爷爷选了个小的那个，带回家后发现里面全是金银珠宝。贪心的老太太认为大的那个箱子里一定有更多的财宝，便跑去找麻雀索要箱子。麻雀嘱咐她回家再开箱，但老太太忍耐不住，半路就打开了，里面跑出许多魑魅魍魉蛇鼠虫，把老太太吓死了。根据地区不同，该故事细节有不同的版本。此处作者所指，应是老爷爷丢失了麻雀的心情。

二十一

母亲时常噙着泪讲这样一个故事。村里一户有钱人家的家业衰败之后，父母带着孩子们连夜逃往东京，而家中最小、排行十三的儿子，将他那只心爱的绣眼鸟装在笼子里一并带走了。讲到这里，听的人也不禁眼含泪花。因为草鞋的夹脚处磨脚，必须夹一张白纸垫着才能继续走路，想到这些辛苦，大家都为他们感到悲伤。尤其是那个连逃亡都要带上绣眼鸟的孩子，他的心情引起了我强烈的共鸣。

二十二

接下来让我们回到陷阱的话题。捕捉小鸟时制作的陷阱，在鸟类大量存在的时期，与鸟类渐渐减少之后，使用效果自然是不同的。前面也曾说过的“夹鸟头”陷阱，又叫“打头机”。这是一种连小孩儿也能轻松制作的陷阱，同时也包含了很多类似“过家家”的要素。具体制作方法是：首先，摘一些新芽冒出七八寸、尖端长有两三枚叶片的杜鹃枝，在鸟类喜欢聚集的地方并排插成半圆形。接着，将杜鹃枝尖端带叶片的部分聚拢，用红线扎起来，形成一个屋子的形状。然后，用手掌抚平杜鹃枝围出的空间，在里面撒满饵料。屋形空间开口外，则放上青竹做的陷阱。放在屋形空间内的饵料，包括从家中米柜里抓出的白米粒、红色的朱砂根果实、琉璃色的猫玉（龙须果）、南天竹的鲜红色果实等。一般认为，米粒会招来雀类，朱砂根果是鹎类的最爱，猫玉对鹟类极有吸引力，因此才在陷阱摆上这些色彩缤纷的饵食。若是不知原委的人，见了这陷阱，大概会感叹“这个过家家游戏真精致”吧。非要说明的话，这种陷阱大概就是利用漂亮的颜色吸引各种鸟儿。不只是饵料，围在四周的黄褐色杜鹃枝与绿色叶片的搭配，也足够夺人眼球。不管怎么看，它都不像一个带有杀伐气息的陷阱。

二十三

这种陷阱之所以能捕到大量的鸟，从鸟类的角度看，或许也是因为它们充分理解并接受了制作这种陷阱的孩子的心理。奇妙的是，一旦某个陷阱捉到了鸟，之后每天都会连续捉到。这种好运陷阱若是某天被田鼠撞上了，往后捕到的便都是田鼠，很少再有鸟类了。通过这种现象，孩子们也开始意识到命运的神奇之处。而在鸟类逐渐减少之后，捕鸟的陷阱也越来越精巧，甚至很少再显出人工制作的痕迹，即便如此，捕到的鸟类数量却大不如从前了。

二十四

就我个人而言，连“物哀”这类情感体验，好像也都是从鸟儿们身上学来的。在我很小的时候，曾与隔壁家的小孩儿一起捕鸟。先在仓库前的空地上撒米，接着仿照捕鼠的“升落[①]”，用筛子制作陷阱捕捉前来啄米的黄道眉鹀。我们躲在木板套窗后观察，当确定能捉住五六只的时候，就拉动绑在木棍上的线。筛子落下时，鸟儿们纷纷逃走，但仍有一只被捉到。我们跑过去抓起它一看，是只羽毛并不漂亮的雌鸟，有一只脚还是瘸的，具体情况就不细说了。

二十五

用囮子和粘胶捕捉飞到屋外防护林里的黄道眉鹀时，如果只捉到雌雄一对儿里的一只，实在令人难以平静。曾几何时，在一个室外尚结着霜的早晨，我捕到了一只黄道眉鹀的雄鸟，而另一只雌的无论如何都不碰粘胶。它虽然会停在粘胶旁边，但警戒心很强，不会继续往前走。接着，它飞上高高的树梢，发出悲怆的鸣叫。在我以为它已经离开的时候，它又在黄昏时飞了回来，还在那里守到了天亮。第二天早上，我在床上睁开眼，最先听到的就是那只雌鸟的叫声。当有别的黄道眉鹀成

① 升落：即“枡落し”，一种捕鼠装置。“枡”意为斗。将米斗倒扣，用木棍支撑一角，斜斜盖在地面，内部撒上米粒等为饵，待老鼠进入后，触动木棍，米斗便会整个扣下来，捉住老鼠。

群飞过时，雌鸟先跟着它们飞了一阵，接着又再次飞了回来。就这样，它这种行为反反复复持续了一周左右，让人无言以对。在我捕过的数量众多的黄道眉鹀之中，做出这种行为的，它是第一只，也是最后一只。

二十六

两三年前，我回乡下老家时，听说平原中部的大松树上有啄木鸟筑巢。住在附近的土木工人发现后，多次跑去掳走巢里的幼鸟，此后，每当见到那个工人的身影，雏鸟的父母都会拍着翅膀发出悲鸣，模样十分可怜，让人很难不受触动。即使有人想帮忙，但它们的巢搭在很高的树梢上，常人难以施救。一位目睹过此情此景的猎人说，只要见过那一幕，往后打鸟也下不去手了。

二十七

鹡鸰又叫庚申鸟，据说是庚申神[①]的使者，决不能捕捉或玩弄。这种鸟腹部的羽毛有白有黄，据说黄色的是雄鸟，也有人说黄的才是真正的庚申鸟。它们总是发

① 庚申神：庚申信仰中受到祭拜的对象。庚申信仰，是以中国道教的“三尸”为根本，混合佛教、日本民俗信仰等形成的一种民间信仰，不同地区信仰的内容也有差别。庚申神可保佑丰收、招福纳财、祓除厄运等。

出“吱吱、吱吱”的叫声，在空中由远及近地上下飞舞。当它们落在我家石墙上，不断抖着尾巴频繁啄食时，我便悄悄躲在阴影处。只要保持一动不动，鹡鸰们就会泰然自若地跟着饵料走到我脚边来。即使驱赶，它们也不会飞远，跟其他鸟类确有不同之处。

二十八

翠鸟又叫翡翠鸟[①]，擅长潜水和捕鱼，因而这样的人也被称为“翡翠”。我们村就有个绰号“翡翠”的男人。虽然没人知道他在哪儿出生、从哪儿来，但只要有人淹死、旁人无法捞到尸体时，就会拜托他帮忙寻找。

翠鸟的巢穴建在河边山崖上的横洞里，周围总是爬着许多蛞蝓，蛞蝓在崖壁上留下许多白色痕迹，据说能够防蛇。为什么翠鸟要把蛞蝓带到自己的巢穴旁边呢，这是童年时期的我心中的未解之谜。村里有个叫茂八的年轻伐木工，很爱恶作剧，他在鹈颈渊附近发现了翠鸟的巢穴，便顺着崖壁往上爬，但在接近鸟巢时，发现雌雄两只翠鸟正齐齐望向他。见此情景，他也不可能再打鸟的主意了，于是只好沿来路爬了下去。蛞蝓又被叫作

① 翡翠鸟读作“しょうびん”，写作“翡翠”；也可读作“かわせみ”，写作“翡翠”“川蝉”或“鱼狗”。

“女腊姬”。

二十九

俗话说，水恋鸟[①]一叫，天必然会下雨。这种鸟会在夏初时发出哨笛般的鸣叫。人们常说：“只要水恋鸟叫了，下雨的日子就不远了。”传说中，这种鸟前世是女用人，常被吩咐喂马喝水，但她总是趁主人不在时偷懒，因此被罚转世为鸟。若天气持续炎热，水恋鸟就会到河边喝水，看到自己通红的身体映在水里，它就以为水里有火，不敢再喝，只好飞上枝头，向着天空呼唤雨水。当雨落下来，它就能用雨水润湿喉咙了。

三十

同样是小鸟，山雀却不像绣眼鸟那样容易捉到。有时使用囮子可以成功，但也是极少数。因此，要养山雀，只能抓雏鸟。但孩子们对此无能为力。另外，养山雀的鸟笼也不像养绣眼鸟的那么简单。我曾经想学学怎么做，但因为不擅长手工活儿，最后还是请了卖鸟笼的人帮忙。不过，前面提到的装挂面的空箱子，我也以它为材料做过鸟笼。山雀的饵食是毒八角、臭梧桐的果实。臭梧桐

---

① 水恋鸟：即红翡翠，翠鸟的一种。

的果实又叫昆沙果，外壳特别硬。山雀停在树枝上，用嘴“咚咚”敲打昆沙果外壳的画面，也可谓是一道风景线。虽然饲养小鸟是孩子们的事儿，但每家每户的大人也很热心于此，总会帮忙照看。

不同于山雀，绣眼鸟的饵食很好做。把红薯蒸熟后放在鸟笼上就行。绣眼鸟会攀在笼顶，倒立着进食。吃了红薯，它们会原模原样地拉出来，在栖木下堆得高高的，很快，底部就会长出青色的霉斑。此外，将橘子切成两半直接喂给它们也行。绣眼鸟喜欢山里的水果，尤其木沙沙木[①]的紫色果实，是它们的最爱。木沙沙木在本地方言里读作木车车木[②]。吃了这种水果，鸟儿的粪便会变少，但颜色紫中带黑。它们还吃花楸的红色果实。这种果实又叫豆果[③]，一大串红色的果实挂在枝干上，像簪子一样漂亮。如果从进山砍来的柴禾里发现了长着这种果实的树枝，孩子们就会非常开心。霜降之后，野木瓜也成熟了，但我们往往都吃进了自己肚里，很少分给绣眼鸟。

绣眼鸟身体衰弱时，会膨胀成圆圆的球形，站在栖木上一动不动。冬日的一个早晨，我发现自己养的绣眼

① 原文为きささき（kisasaki），仅表音。
② 原文为キシャシャキ（kisyasyaki），仅表音。
③ 原文为ズノミ（zunomi）。

鸟变成了这副模样，以为它是太冷了，就将笼子挪到阳光下，但它还是呆在原地。在它还健康的时候，一晒到太阳身体就会变小，活泼地动来动去，发出鸣叫，如今却毫无反应了。有一次我太着急了，用蕨类植物做的弓射它，箭没入鸟腹，它立刻就死了。那是一只会“啾呤啾呤”叫的雄鸟。

三十一

伯劳十分可恨。当屋外梅树上聚集的雀类在一起愉快地玩耍吵闹时，不知从哪儿飞来一只伯劳，不怀好意地摇着尾巴。只一瞬间，其他鸟类便安静下来，一只接一只地躲进竹林去了。由此可见，伯劳是和平的破坏者。

一个不注意，我家廊檐下挂着的绣眼鸟笼子，也会被伯劳袭击。虽然很快将其驱走，但绣眼鸟的眼部已经被抓得流血了，简直就像被山姥杀死的瓜子姬①一样，叫人气恼。

---

① 瓜子姬：日本民间故事。大致内容如下：从前，山里住着一对老夫妇，老婆婆在河里洗衣服时，见到一个顺水漂来的大瓜，将其捡来带回家，与老爷爷一起切开，发现里面有个漂亮的小女娃。老两口没有孩子，见状非常高兴，为她取名“瓜子姬”，用心抚养她长大。瓜子姬很快长成一个美人，有富商闻言前来提亲，老两口答应后，为了采买嫁妆，留下瓜子姬出门赶集去了。接着，山姥出现，将瓜子姬骗出家门……故事的后续在不同地方有所差别，东日本的讲法一般是山姥将瓜子姬杀死了，西日本则是说瓜子姬逃过一劫，等到了救援。也有些地方的故事中出现的不是山姥，而是天邪鬼等。

我曾有一只绣眼鸟被黄蜂咬死了。当时，我把鸟笼挂在院墙内的栀子枝上，自己出门玩儿去了。后来在路上遇到朋友，被告知“你的绣眼鸟被黄蜂咬了”，我吓了一跳，赶紧跑回去，果真看到一只黄蜂在笼子里啃咬我的绣眼鸟。鸟脖子几乎都快被咬断了。黄蜂与伯劳不同，可以钻进笼子里面。虽然我屡次见识过黄蜂袭击赤条蜂的巢穴，知道它们有多凶恶，但都比不上这一刻看到绣眼鸟被袭击时的震撼。

三十二

看到家里的蓑曳鸡被老鹰袭击时，我也很沮丧。后来回想，那一天四周静得可怕，平时能听到的鸟叫声完全消失了。午后，我们发现鸡不见了，喊了好几声，它们也没出来，接着就在屋边的橘子树下发现了被鹰啃食的鸡。最早看到那一幕的是我母亲，她一边找鸡一遍走近橘子树，惊飞了一只巨鸟。那鸟拖着长绳般的东西落在山脚柿子树的枝丫上，这才让人看清，是只老鹰。就在此刻，橘子树下传来奇怪的叫声。母亲往昏暗的树荫里一看，蓑曳鸡就蹲在那里。走过去才发现，它以一种怪异的姿态坐在地上，背后已被啃烂，隐约能窥见红色的内脏。母亲吓得赶紧把鸡抱出来，但也束手无策了。鸡就像是已经崩溃了似的，不时抬起头发出“嘎”的叫声。我们虽然想让它早点解脱，但又怕得下不了手。没办法，只好由我去一位相熟的叔叔家，找他帮忙。叔叔立刻赶来，把鸡抱去附近的竹林边杀掉了。

就这样，事情算是告一段落，但剩下的两只母鸡仍然不知去向。过了好一阵子，它们才从储藏室的稻草堆里爬出来，像是受到了极度的惊吓，很长一段时间都消沉无力。

三十三

据说，当鸡遭到老鹰的袭击时，被捉的一定是公鸡，母鸡则会得救。这是因为老鹰迫近时，公鸡会果敢地挡在母鸡身前，勇猛地与老鹰相斗。村里有个名叫山口文吉的老人说，他曾亲眼见过斗鸡与老鹰的搏斗，在历时约三十分钟的缠斗中，竟然是斗鸡气势更胜，而老鹰落败逃走。不过，那老鹰其实是只红隼，类似的例子也很罕见。

三十四

鸟与蛇搏斗时，程度之激烈，简直不像是单纯的生存竞争，而是累积了几世的宿仇。有一次，附近发电所的几个职员到我家来玩，跟我的家人们坐在廊檐下聊天。当时太阳已经开始西斜，突然有一只鸟飞来，落在储藏室前的石墙一端。那里趴着一条锦蛇。鸟与蛇就此展开了殊死之战，蛇昂起镰刀形的头，用尽全力应战，鸟一旦陷入危险就立即飞上天，又以迅雷不及掩耳之势跳下来。我们眼见着蛇的身体染满了鲜血。发电所的职员们发出“嘘——”的声音驱赶，鸟却毫无怯意，反而一副兴奋的样子。大概打了二十多分钟，蛇看似再也无力反抗，鸟则在石头上轻轻一点，又立即叼起蛇头飞走了。确实是一场令人紧张的酣战。

三十五

那时候的鸟虽然不算特别多，但总是十五六只地成群飞来，有时还叫得特别起劲。村里人听了都会心生忧虑，猜测是否有人快要死了。事实上，那是鸟儿们出于某种爱好，故意发出的诡异鸣叫。但在寂静无人的山间听来尤为吓人。还有传言说，鸟一洗澡，就预示着有人要死了。而我曾在小河边看到四五只鸟聚在一起洗澡。

曾经有位猎人告诉我，他用枪打鸟后，陷入了窘境。因为村里有人说自家的田总是被鸟破坏，请他过去帮忙，他便去杀了一只鸟。但到了第二天，一大群鸟飞来围着他叫个不停，还一直跟在他周遭，即使回到家，鸟儿们也丝毫没有离开的意思。这样的状况一连持续了好几天，猎人对此毫无办法。

三十六

从前，鸢的数量并不多。但若把捕到的老鼠放在门口，很快就会被鸢抓走。我小时候有天傍晚，看到大群的鸢从西边天空飞来，又往东边去了。虽然不确定那是否就是鸢，但肯定不是普通鸟类。一群刚飞过，一群又接着来了，整体数量十分惊人。老人们也说这场景难得一见。也有人认为，它们个头比鸢要小，可能是雏鸢，或者一种名为蛇鹰的候鸟。

三十七

鹰是百鸟之王，射了它会遭报应。北设乐郡下田村有个名为金子的居酒屋，那里的老板据说就是因为射中了鹰而遭报应，发疯死了。不过，猎过鹰的人也并非都会有此下场。听闻猎鹰有特别的技巧，下面就是一个例子。因为鹰只在它熟悉的某棵树上栖息，绝不另择他木，只要找到那棵树，在附近挖个洞藏好，在树枝上挂一些兔肉或猴子肉做诱饵，然后等着就行。当鹰出现时，会先咬一口肉，第二口就会把肉带走，所以只需瞄准那一瞬间开枪。开枪之后一定要迅速躲进逃跑的暗洞。因为鹰常常雌雄一对一同行动，其中一只中了枪，另一只便会立即朝洞口袭来。以上内容听来还带有弓箭时代的气息，猜测应该是很久以前的故事了。

三十八

有传闻道，鹰的眼球是治疗黄疸的灵药，此外还能治疗各种眼疾和疑难杂症。具体使用方法是，在药罐内注水，放在火上，将鹰的眼球吊在罐子上方。待水沸腾时，眼球里会有液体滴落，将罐内的沸水染成鲜黄色。

三十九

事情发生在明治三十年左右。一天，名仓（北设乐郡）八幡的杉树林里飞来一只大鸟，栖息在树梢。外观有些奇特，让人分不清究竟是鸟还是兽。几天过去，大鸟仍是一动不动。村里人觉得奇怪，就开枪打它。待它落下来一看，原来是只年老的鹰。神奇的是，鹰的翅膀内侧还写着“鞍马”两个字。想来它是饱经沧桑、命数已尽了吧。

四十

众鸟的故事之中，人气最高的就是鹰。其中最受欢迎又具有一定真实感的话题之一，就是鹰的羽仓①。它

① 羽仓：鹰存储自己羽毛的地方，民间传闻找到它能发家致富。

与猴子的猴酒[①]、山姥的麻线球[②]一同构成了某种“致富谈”。据说，如果找到鹰的羽仓，夫妇二人一辈子都会有享不完的福。羽仓一般都在深山中难以涉足的危险地点，能挡风遮雨，老鹰在这里拔下自己的羽毛珍藏。若是发现了它的所在，一定要趁老鹰不在的时候，从下往上一根一根地抽取。这样一来，羽仓中的羽毛便能取之不尽。四十多年前，有人在凤来寺山中发现了一个羽仓。从远处能望见岩石之间堆积着漂亮的羽毛，但因为位于高崖之上，根本无法接近。另外，传闻黑仓（北设乐郡）的小鹰明神峰上也有羽仓。

关于羽仓，还有下面这样的说法。因为鹰过于爱惜自己的羽毛，若是不小心被猎人击中，意识到自己将要死亡，它们便会用嘴一根根拔下自己尾巴上的羽毛，悉数折断撕烂。

四十一

多分村的宫渊里，曾有成群的鸳鸯嬉戏。宫渊上流的鹈颈渊也是个很大的水潭，它们也时常到这里来。此

① 猴酒：猴子以山中果实所酿之酒，它们会将其藏在某个地方。传闻找到它能发家致富，但也有地方的民间传说认为，看到这种酒就会丧命。
② 麻线球：用纺好的麻线绕成的线球。传闻找到山姥的麻线球能发家致富。

外，大海村的二之池、长篠的碁石池，也都是鸳鸯们在这一带玩耍的固定场所。

据说鸳鸯飞行时只顾着看水面，所以只要在它们接近时，伸出一根长竹竿，它们便会撞上竿子坠落下来。当往来于长篠村与大海村之间的渡船开始以拉铁索的方式行船后，鸳鸯们不时会撞上铁索而坠落。一个冬天一般有五只左右。此外还有一种罕见的鸭子模样的大鸟，也发生过类似的事故。这些都是艄公告诉我的。

段户山的森林中有一条河，在河上以圆木击打鸳鸯或鸭子使其坠落，原理与撞击铁索相似。河流就像流淌在森林中的隧道，早上天还未大亮时，鸳鸯或鸭群会从这“隧道”中经过。在山中劳作的伐木人们看准时机，拿着圆木守在那儿。待它们接近，就将其击落。一位伐木人告诉我，这种情况不必刻意击打，只要伸出圆木，它们便会接二连三地撞上去，掉下来。这种狩猎方法听来怪异，难以使人信服，但鸟在空中飞翔时，好像确实看不见前方。山鸡会撞上电线掉落，也说明这一推测无误。

四十二

北设乐郡的群山中，生长着许多槲寄生。到了冬天，槲寄生的果实变为红色，孩子们便会采来吃。山鸡也喜欢槲寄生的果实，它们通常会在黄昏时分出现在槲寄生上。猎人们对此了然于胸，守株待兔地等着山鸡出现，这种行为被称为“槲寄生待”。虽然山里的食物并非都算得上“山珍”，但通过“槲寄生待”猎到的山鸡，味道确实鲜美无比。将山鸡肉与饭混在一起煮，叫作“山鸡杂炊”。

四十三

啄木鸟在本地被叫作“寺阻”或“寺破”①。人们一般认为，这种鸟与寺庙有仇，才在院墙上戳洞，但据说远离村庄的神社，也是它们的受害者，社内的板壁一端被戳出了许多直径三四寸的小洞。有人说，这是啄木鸟为了筑巢而做的试探，也有人说它们是在找吃的，但实际似乎另有原因。丰根村牧野岛字的神社里，有一块板墙上被打了二十多个洞。其中三分之一的洞都从室内钉上了木板修复，另外三分之二，大概是修复以后被弄出来的。

四十四

下面再说回山鸡。都说山鸡的尾巴上有十三段斑纹，这斑纹是用来诓骗人类的。家里人告诉我，遇到山

① 原文为テラソ（teraso）、テラッポー（terappou）。

鸡时不用逃跑，但也不要逗弄它。明治三十几年，我家的保姆背着妹妹出门，直到太阳下山还没回来。我们发动邻居一起搜索二人可能出现的地方，很快就在山中找到她们并带了回来。当时，保姆已经带着妹妹进入距离村子较远的深山中。后来听她说，一开始她只是在山口处发现了一只山鸡，一心想将它捉住，不知不觉就走进深山里去了。当她在茅草丛中捉住山鸡的尾巴时，山鸡迅速抽出尾巴，向前跑了三四步。她又去捉，山鸡又往前跑几步。就这样，她一直跟在山鸡身后，丝毫未觉察天色已晚。在北设乐郡的御殿村，也有人讲过与之完全相同的经历。

四十五

山鸡会在深夜里翻山越岭。据说此时，它们会变成一团红色的火焰，拖着长长的尾巴，就像人的魂魄。也有人说，这就是所谓的“山鸡尾巴上的十三段斑纹”。

山鸡的尾巴被认为有驱魔之效，很多村人都将其插在门口之类的地方。不过，那斑纹其实并没有十三段，最多也只有十一段。

拥有十几段斑纹的尾巴，常被挖井人作为工具，在挖井时探测选址地是否有水源。将山鸡尾巴在选好的地方放置一夜，第二天早上可以根据露水浸湿尾巴上斑纹的段数，来判断该处是否有水源、水深几何。

有的山鸡据说肉很臭，无法食用。但这其实不是山鸡本身臭，而是装粪便的大肠被刺破了。不管怎么说，山鸡是一种什么都吃的鸟类，捕捉后必须尽早掏出内脏，否则肉很可能变臭。

四十六

野鸡和山鸡都是鸡类，其中的雄鸡据说都很擅长激烈的打斗。我年幼时，曾在不到十米的距离外目击过它们的激斗。村子靠近北山皇家森林的篠谷，修有净琉璃姬的祠堂，有一次，我带着便当到那里去给做工的父亲送饭。翻过冬日百草枯黄的山脊，进入皇家森林的地界时，周边的景色瞬间变了个样。古老树木繁茂的枝叶彼此相交，将光线挡在外面，林子里十分昏暗。粗壮的藤蔓蛇一般缠在大树上，倒在地上的朽木也随处可见。经过这些地方后，我突然听到一阵激烈的振翅声，于是停下脚步，战战兢兢地透过树木间的缝隙向前张望。原来，有两只红色的大鸟正面对面地在那里搏斗。那是一块相对平坦的地面，周遭树木也较稀疏，视野很好。两只鸡的大小相当，跳起来有两三尺高。我看着它们跳起后贴在一起落地，分开后又跳起，气势凶猛地相互扑打，踢来踢去，红光闪闪的羽毛整个儿倒立起来。这场景太出乎意料，我心生恐惧，急忙朝父亲所在的方向奔跑，一边跑还一边回头看那两只鸡。之后，我将此事告知父亲，他说那是山鸡的互搏，在山中不时就能见到，还说比起鸡的打斗，山鸡互搏要精彩得多。那天所见的红色大鸟就这样烙印在我脑中，久久不曾褪淡。

四十七

跟山鸡一样，野鸡在山中鸣叫时，会发出地底回响般的声音，让人听了心生孤寂之感。我家附近偶尔会有野鸡带着雏鸟出现。野鸡的雏鸟长得跟鸡一模一样，但因为是野鸡，动作比普通的鸡灵敏许多，有人接近时，它们便“唰”地隐入草丛中逃走了。我家曾在田地割过草后，发现里面藏有七枚野鸡蛋，母亲将它们收拣起来，从衣袂或怀里掏出来给我看过。据说野鸡很笨，总是不挑地点到处生蛋。

四十八

有种鸟叫“尼号鸟”[①]。传闻这种鸟围着某户人家叫个不停时，就意味着这里快要死人了。因为寓意不好，所以大家都不喜欢它。事实上，这种鸟就是秧鸡，总在

① 原文为ニオイ鳥。“ニオイ”在后文中又写作“ニホイ”，为作者家乡方言中的“呻吟”（ニホウ）之意，发音近似“你好”，故译作“尼号”。

日暮和天明时鸣叫。日暮时听到它们的叫声，确实很像病人在眼前呻吟。因为“呻吟”在我们方言里的发音为“你好”，故称其为尼号鸟。我小时候的一天，家里人都出门了，只剩我和弟弟两人待在主屋里。这时，家附近的竹林里传来这种鸟的叫声，我们吓得不轻，立刻跑去邻居家了。

还有一种鸟叫“乌衣鸟”①。它与尼号鸟虽然种类不同，但叫声很相似。虽然我没见过，但它们总在夏夜黎明时鸣叫，声音很大，在小河对岸的村子里鸣叫时，我们这边也能听到。当尼号鸟与乌衣鸟此起彼伏地啼叫，果然还是会被视为不祥之兆，预示某家有人快要死了，听到的人都会害怕。

四十九

绿鸠的数量很稀少，叫声也不像鸟类，给人一种深邃之感。

哈——哦哈哦哈哦哈哈哈哈

据说一个人在山里劳作时，听到这种声音，会产生

① 原文为ウイ鳥，按发音音译为“乌衣”。

孤独感，接着就想回家。

有一种鸟叫“追牛鸟”。似乎是指知更鸟，但村里人不这么叫。

嘘——嚯咿嚯咿嚯咿

怎么听都像是赶牛的人赶牛时发出的声音。

格叽咚鸟在夜晚鸣叫。

格叽，咚咚

在山里劳作的人说，它们的声音听来都很寂寥。格叽咚鸟还会发出“叽，咚咚”的叫声，也有人认为这就是“佛法僧鸟①”，它又被称为“祈祷鸟”。

佛法僧鸟栖居在凤来寺山中，雄鸟的叫声很像“佛法”的发音②，雌鸟接在后面，发出“僧”的叫声。夏夜里，不止佛法僧鸟，还有许多别的鸟都会鸣叫。猫头鹰被称为“五郎助③”，红角鸮又名“御君宝④”。这些

① 佛法僧：鸟类的科目属，又叫三宝鸟。因这种鸟叫声很像日文中的“佛法僧”的发音，故名。
② “佛法”发音为“ブッポウ”（buppou），“僧”发音为“ソー”（sou）。
③ 因为猫头鹰叫声很像“五郎助”的日文发音。
④ 原文为オクンポ（okunpo），音译。

鸟都会出现在屋外的防护林。据说有一天，一只猫头鹰大白天被鸟群赶出来，飞进了邻居家的主屋。第二天，又有一只杜鹃飞过去，二者都被他们捉住，关进笼子里养起来了。

五十

在关于鸟的故事的最后，再讲一个猎人的梦吧。做这个梦的人，出生于北设乐郡的三濑，名为原田为作，是个木讷质朴的男人。如果他还活着，眼下应该已经八十多岁了。三濑位于本地有名的明神山山麓，是一个有着二十多户人家、驻扎在险峻山底的部落。为作年轻时是个猎人。有一次，他受本乡町的客户之托，要去打两只啄木鸟。据说将其焙焦，即是治疗肺病的灵药，因此虽然当时已经禁止捕鸟了，人们还是会偷偷猎捕。打完鸟没多久，为作在夜里做了个奇妙的梦。

梦里，为作站在自家门前，听到不知从何处传来一阵脱俗的铃声。他觉得奇怪，便抬头望向天空，发现一只白色的鹰在蔚蓝的晴空中打着圈儿翱翔。仔细一看，那鹰的羽毛一根根清晰毕现，每根羽毛上都系着银色的铃铛，奇妙的铃声就是这些铃铛相互碰撞时发出的。为作正看得入迷，突然意识到鹰瞄准自己飞了过来。他连忙躲进屋檐下，但为时已晚。鹰已经捉住他的脚，将他拖了出来。他吓得回过头一看，刚才的鹰竟然变成了高鼻梁的天狗。天狗对他说：“你虽然是为了帮人治病，但也没必要剥夺活生生的鸟儿的性命啊……若是想帮人治疗肺病，就按我说的去找三种药配在一起。”话音刚落，为作便睁眼醒来。

此时他已满身大汗，但心情十分愉快，刚才梦里的不就是神谕吗。他心中大悦，想着：我的好运快来了吧，得赶紧把梦里听到的灵药配方写下来。但当他执笔记录时，其中两味药记得很清楚，另一味却无论如何也想不起来了。这可真是太可惜了。

最后他告诉自己，难得神明显灵赐予我灵药，我却把它忘了，一定是因为我的信仰程度不够深，得想办法再让神明出现，告知我答案。此后，他每日都沐浴净身，连续二十一天不间断地等待着神明显灵，但最终无果。此后四十几年，他一刻也不曾忘记那个梦。以上内容，是昭和五年的冬天，我从为作本人那里听来的。

关于《猪鹿狸》

芥川龙之介

我曾听养母说，幕末时期的银座周边还出现过狸怪。一位醉酒的裱糊店工人（抑或是店老板）身上挂着个盒子，路过布袋屋所在的横町时，看到一只狗睡在路边。工人经过那狗时，狗像被踩了尾巴似的，突然朝他狂吠起来。工人当然吓了一跳，但转瞬间，他腰间的盒子与脚边的狗都不见了。据说这是狸为了偷那盒子，才变成狗戏弄他的……

如今的银座周边当然已经没有狸了。不过，根据早川孝太郎先生在《猪鹿狸》（乡土研究社出版）一书中所说，连远江的横山[①]都已经很少再出现狸戏弄人的情况了。不过，相关故事至今仍有许多留存。它们带有人迹罕至的山川湖沼的气息，远比裱糊店工人的故事更耐人寻味。

> ……日暮时经过此地，发现道旁的石头上坐了个人。走近去看，却连那人是男是女、面朝前还是面朝后都无法分清。……

类似的故事，比起世间许多怪谈更加瘆人。事实上，《猪鹿狸》一书正如标题所示，并非只写了狸的故事，也并不全都是些诡异吓人的事。我在读这本书的过程中，也时常因横山当地的美丽风光而入迷。

我们村一位姓山口的同乡，作为飞脚前往段户山的山中小屋，在途中的金床平高原上看到了大量的鹿。（中略）当他到达金床平时，八月十五晚的满月亮如白昼。他走在广阔无垠的草原上，第一眼发现鹿群时，竟吓了一大跳。鹿群就像被放牧的马群，数量多得数不清，想来有好几十头，全都沐浴着月光分散在原野上。它们像是完全没发现近旁有人，兀自悠然地踱着步子。那光景虽然有些诡异，但也十分壮观。它们有的伫立在道路中央，有的站在路旁目送他离开。②

从这一大群鹿，联想到福楼拜《圣朱利安》一文中

① 本文发表在《东京日日新闻》（现东京《每日新闻》的前身）的书评栏目。文中的“远江的横山”应为“三河的横山”之误。远江的横山，位于天龙川西岸。因三河与远江相邻，三河的横山也离远江很近，或是因此造成了混淆，但如今已无法订正，故注。——原注

② 芥川摘抄的版本与本书的原文略有不同，译文据此也做了适当修改。

《狩猎》一章的，想必不止我一人。《猪鹿狸》在民俗学上的贡献想必也很大。但我这样的外行，也能从书中那些诡谲迷人之处感受到魅力。事实上，这也是我最近读得最愉快的一本书，因此决定在服药的间歇，写一篇关于它的介绍文。若这位不相识的作者不怪罪我的“多事”，便是我的荣幸了。

（大正十五年十一月二十七日）

译后记

十几年前，我生活在川东的一个小县城，外公家是一间带小院的老平房，屋后有块地，种着各种蔬菜，屋里养了猫、狗、鸡。院子一角有两间简陋的茅厕，如厕的粪水也用于土地浇灌。外公很多时间都在地里干活，起早贪黑，对庄稼十分宝贝。我有时放假来玩，总爱趁他不备，偷拿镰刀去挖田坎上的折耳根。那时候，城市化的浪潮尚未波及此地，县城里有小河、水渠，农田也散布其间。后来老房子变成高楼，小河变成臭水沟，熟悉的风景接连消失，家乡也成了破碎的符号。

翻译这本书的过程中，我不时想起外公家那片热闹的土地，想起县城外云雾缭绕的山，山上茂密的松坡林，猜想那里也有野猪、鹿、狸一类的动物栖息，有捕猎它们的猎户和为它们而苦的农民。

明治二十二年（1889），早川孝太郎出生在日本爱知县南设乐郡长篠村横山（现属爱知县东部东三河地区新城市），是家中七姊妹中的长子。横山位于大山脚下，是个拥有三十户左右的村落，家家户户世代务农，虽不富有，生活也算宽裕。早川孝太郎自寻常小学[①]高等科毕业后，一边在银行工作，一边在丰桥的私立学校进修，毕业后以画家为志，离乡去了东京。他先是进入赤坂区（先港区）葵桥洋画研究所从事西洋画研究，后退出研究所，加入白马会（以黑田清辉为中心的洋画团体），之后又拜画家松冈映丘为师，学习日本画。

在松冈映丘的介绍下，早川孝太郎接触到柳田国男主办的《乡土研究》杂志，写了一篇研究故乡蛇类的文章向其投稿，获得柳田国男的赏识。柳田亲自上门，高度评价他的才能，并向他介绍了乡土研究的重要性。早川深有感触，于是投入柳田门下，开始深入偏僻地区旅行，搜集民俗资料。

这一时期，柳田在家中组织“乡土研究会”、创办《乡土研究》杂志已有数年，打下了日本民俗学的根基，早川的加入时机正好。此后，早川逐渐放弃画业，把满腔热情献给民俗研究。其间，为了弥补自身著述理论性的欠缺，他一度前往九州大学，接受农学部小出满二教授的指导，并参与九州山村实地调查的工作，足迹远及冲绳诸岛。离开九州后，他将工作重心转移至农民生活与农业调查研究。

---

① 日本明治维新后至二战前的初等教育机关。初期的学制为寻常小学四年加高等小学四年；后改为寻常小学六年加高等小学两年。此处的高等科即高等小学。

作为日本民俗调查的开拓者之一，早川孝太郎的一生著述颇丰，代表作之一就是这本《里山异兽谭》（原名《猪鹿狸》），曾受到芥川龙之介、周作人等文艺界人士的好评。书中收录的内容有受访者的真实经历，有口口相传的奇人异事，也有历时悠远、充满幻想色彩的故事。

算一算，这部作品出版至今已近百年，野猪、鹿与狸或许还活跃在山林之间，但不可否认，全球生态正面临着严峻挑战，森林面积急剧减少，反常的气候现象频发，动物也因生存危机改变了行为模式，离开原来的栖息地，现身于人类眼前。仅在今年，我国就出现了云南西双版纳亚洲象群的北上迁徙、四川达州某县城区深夜惊现野猪群、四川成都彭州一小区有野生鹿闯入等异常现象。这些不请自来的动物，让人想起 1994 年在日本上映的动画电影《平成狸合战》（也译作《百变狸猫》）。

20 世纪 70 年代，日本经济迅速崛起，各地人口大量涌向东京，充当各行各业的螺丝钉，共同创造出了战后日本的繁荣，与此同时，暴涨的人口也急需更多住宅安置。为了缓解首都的压力，政府开始在东京周边修建新城，首先瞄准的就是多摩丘陵。人们凿开丘陵，破坏田地，也侵扰了长年栖居于此的动物们。

《平成狸合战》就是以这一现实为背景，采用狸的视角，融合日本民俗、传说、童谣、曲艺等异常丰富的元素，生动描绘了狸家族成员齐心协力捍卫家园的过程；有趣的同时，也反映出人类社会发展过程中被我们忽略的牺牲。片中的狸们学习变身术、用各种方式戏弄和惊吓人类的情节，也与本书内容遥相呼应。

2012 年，英国 BBC 著名主持人大卫·爱登堡（David Attenborough）在回顾自己六十年野外生涯的纪录片中感叹，他首次踏足婆罗洲的 1956 年，河流两岸还生长着数百公里的热带雨林，几十年后重访故地，河岸除了少许树木点缀，其余部分都变成了经济价值更高的棕榈种植园。以雨林为生的动植物或是灭绝，或是在科学家的保护下苟延残喘。

人类一面给自然造成恶劣影响，一面又拯救动植物于濒危状态，乍看矛盾，实际也不难理解。如果把一切简单归咎于发展的代价，就会忽略每一个人理应承担的责任，毕竟我们不能只享受成果，不直面后果。

逝者不可追，好在我们还有机会来拯救千疮百孔的生态。试着了解动物，了解植物，了解自然，了解从前，也进一步了解自己，了解未来。

熊韵

（于成都　2021 年冬至）

早川孝太郎

猪·鹿·狸

图书在版编目(CIP)数据

里山异兽谭/(日)早川孝太郎著;熊韵译.—上海:上海译文出版社,2022.10
(山杯系列)
ISBN 978-7-5327-9043-2

Ⅰ.①里… Ⅱ.①早… ②熊… Ⅲ.①短篇小说—小说集—日本—现代 Ⅳ.①I313.45

中国版本图书馆CIP数据核字(2022)第165821号

里山异兽谭
[日]早川孝太郎 著 熊 韵 译
责任编辑/刘宇婷 薛 倩 装帧设计/柴昊洲

上海译文出版社有限公司出版、发行
网址:www.yiwen.com.cn
201101 上海市闵行区号景路159弄B座
杭州宏雅印刷有限公司印刷

开本 787×1092 1/32 印张 7.5 插页 5 字数 100,000
2022年11月第1版 2022年11月第1次印刷
印数:0,001—8,000册

ISBN 978-7-5327-9043-2/I·5622
定价:45.00元